新 潮 文 庫

蜘蛛の糸・杜子春

芥川龍之介著

目次

蜘蛛の糸・杜子春

蜘《く》蛛《も》の糸

一

或日《あるひ》の事でございます。御釈迦様《おしゃかさま》は極楽の蓮池《はすいけ》のふちを、独《ひと》りでぶらぶら御歩きになっていらっしゃいました。池の中に咲いている蓮の花は、みんな玉のようにまっ白で、そのまん中にある金色《きんいろ》の蕊《ずい》からは、何とも云えない好《よ》い匂《におい》が、絶間なくあたりへ溢《あふ》れております。極楽は丁度朝なのでございましょう。

やがて御釈迦様はその池のふちに御佇《おたたず》みになって、水の面《おもて》を蔽《おお》っている蓮の葉の間から、ふと下の容子《ようす》を御覧になりました。この極楽の蓮池の下は、丁度地獄の底に当っておりますから、水晶のような水を透き徹《とお》して、三途《さんず》の河や針の山の景色が、丁度覗《のぞ》き眼鏡《めがね》を見るように、はっきりと見えるのでございます。

するとその地獄の底に、犍陀多《かんだた》と云う男が一人、外《ほか》の罪人《ざいにん》と一しょに蠢《うごめ》いている姿が、御眼に止りました。この犍陀多と云う男は、人を殺したり家に火をつけたり、いろいろ悪事を働いた大泥坊でございますが、それでもたった一つ、善《よ》い事を致した覚えがございます。と申しますのは、或時この男が深い林の中を通りますと、小さな蜘蛛《くも》が一匹、路《みち》ばたを這《は》って行くのが見えました。そこで犍陀多は早速足を挙《あ》げて、踏み殺そうと致しましたが、「いや、いや、これも小さいながら、命のあるものに違いない。その命を無暗《むやみ》にとると云う事は、いくら何でも可哀そうだ」と、こう急に思い返して、とうとうその蜘蛛を殺さずに助けてやったからでございます。

御釈迦様は地獄の容子を御覧になりながら、この犍陀多には蜘蛛を助けた事があるのを御思い出しになりました。そうしてそれだけの善い事をした報《むくい》には、出来るなら、この男を地獄から救い出してやろうと御考えになりました。幸《さいわい》、側《そば》を見ますと、翡翠《ひすい》のような色をした蓮の葉の上に、極楽の蜘蛛が一匹、美しい銀色の糸をかけております。御釈迦様はその蜘蛛の糸をそっと御手に御取りになって、玉のような白蓮《しらはす》の間から、遥《はる》か下にある地獄の底へ、まっすぐにそれを御下《おおろ》しなさいました。

二

こちらは地獄の底の血の池で、外の罪人と一しょに、浮いたり沈んだりしていた犍陀多《かんだた》でございます。何しろどちらを見ても、まっ暗で、たまにそのくら暗《やみ》からぼんやり浮き上っているものがあると思いますと、それは恐しい針の山の針が光るのでございますから、その心細さと云ったらございません。その上あたりは墓の中のようにしんと静まり返って、たまに聞えるものと云っては、唯《ただ》罪人がつく微《かす》かな嘆息《ためいき》ばかりでございます。これはここへ落ちて来る程の人間は、もうさまざまな地獄の責苦《せめく》に疲れはてて、泣声を出す力さえなくなっているのでございましょう。ですからさすが大泥坊の犍陀多も、やはり血の池の血に咽《むせ》びながら、まるで死にかかった蛙《かわず》のように、唯もがいてばかりおりました。

ところが或時の事でございます。何気なく犍陀多が頭を挙げて、血の池の空を眺《なが》めますと、そのひっそりとした暗の中を、遠い遠い天上から、銀色の蜘蛛の糸が、まるで人目にかかるのを恐れるように、一すじ細く光りながら、するすると自分の上へ垂れて参るではございませんか。犍陀多はこれを見ると、思わず手を拍《う》って喜びました。この糸に縋《すが》りついて、どこまでものぼって行けば、きっと地獄からぬけ出せるのに相違ございません。いや、うまく行くと、極楽へはいる事さえも出来ましょう。そうすれば、もう針の山へ追い上げられる事もなくなれば、血の池に沈められる事もある筈《はず》はございません。

こう思いましたから犍陀多は、早速その蜘蛛の糸を両手でしっかりとつかみながら、一生懸命に上へ上へとたぐりのぼり始めました。元より大泥坊の事でございますから、こう云う事には昔から、慣れ切っているのでございます。

しかし地獄と極楽との間は、何万里となくございますから、いくら焦《あせ》って見たところで、容易に上へは出られません。稍《やや》しばらくのぼる中《うち》に、とうとう犍陀多もくたびれて、もう一たぐりも上の方へはのぼれなくなってしまいました。そこで仕方がございませんから、先《ま》ず一休み休むつもりで、糸の中途にぶら下りながら、遙かに目の下を見下しました。

すると、一生懸命にのぼった甲斐《かい》があって、さっきまで自分がいた血の池は、今ではもう暗の底に何時《いつ》の間《ま》にかかくれております。それからあのぼんやり光っている恐しい針の山も、足の下になってしまいました。この分でのぼって行けば、地獄からぬけ出すのも、存外わけがないかも知れません。犍陀多は両手を蜘蛛の糸にからみながら、ここへ来てから何年にも出した事のない声で、「しめた。しめた」と笑いました。ところがふと気がつきますと、蜘蛛の糸の下の方には、数限《かずかぎり》もない罪人たちが、自分ののぼった後をつけて、まるで蟻《あり》の行列のように、やはり上へ上へ一心によじのぼって来るではございませんか。犍陀多はこれを見ると、驚いたのと恐しいのとで、暫《しばら》くは唯、莫迦《ばか》のように大きな口を開《あ》いたまま、眼ばかり動かしておりました。自分一人でさえ断《き》れそうな、この細い蜘蛛の糸が、どうしてあれだけの人数《にんず》の重みに堪える事が出来ましょう。もし万一途中で断れたと致しましたら、折角ここへまでのぼって来たこの肝腎《かんじん》な自分までも、元の地獄へ逆落《さかおと》しに落ちてしまわなければなりません。そんな事があったら、大変でございます。が、そう云う中《うち》にも、罪人たちは何百となく何千となく、まっ暗な血の池の底から、うようよと這い上って、細く光っている蜘蛛の糸を、一列になりながら、せっせとのぼって参ります。今の中にどうかしなければ、糸はまん中から二つに断れて、落ちてしまうのに違いありません。

そこで犍陀多は大きな声を出して、「こら、罪人ども。この蜘蛛の糸は己《おれ》のものだぞ。お前たちは一体誰に尋《き》いて、のぼって来た。下りろ。下りろ」と喚《わめ》きました。

その途端でございます。今まで何ともなかった蜘蛛の糸が、急に犍陀多のぶら下っている所から、ぷつりと音を立てて断れました。ですから、犍陀多もたまりません。あっと云う間《ま》もなく風を切って、独楽《こま》のようにくるくるまわりながら、見る見る中《うち》に暗の底へ、まっさかさまに落ちてしまいました。

後には唯極楽の蜘蛛の糸が、きらきらと細く光りながら、月も星もない空の中途に、短く垂れているばかりでございます。

三

御釈迦様は極楽の蓮池のふちに立って、この一部始終をじっと見ていらっしゃいましたが、やがて犍陀多が血の池の底へ石のように沈んでしまいますと、悲しそうな御顔をなさりながら、又ぶらぶら御歩きになり始めました。自分ばかり地獄からぬけ出そうとする、犍陀多の無慈悲な心が、そうしてその心相当な罰《ばち》をうけて、元の地獄へ落ちてしまったのが、御釈迦様の御目から見ると、浅ましく思召《おぼしめ》されたのでございましょう。

しかし極楽の蓮池の蓮は、少しもそんな事には頓着《とんじゃく》致しません。その玉のような白い花は、御釈迦様の御足《おみあし》のまわりに、ゆらゆら萼《うてな》を動かして、そのまん中にある金色の蕊《ずい》からは、何とも云えない好《よ》い匂が、絶間なくあたりへ溢れております。極楽ももう午《ひる》に近くなったのでございましょう。

犬と笛

いく子さんに献ず

一

　昔、大和《やまと》の国葛城山《かつらぎやま》の麓《ふもと》に、髪長彦《かみながひこ》という若い木樵《きこり》が住んでいました。これは顔かたちが女のようにやさしくって、その上《うえ》髪までも女のように長かったものですから、こういう名前をつけられていたのです。

　髪長彦は、大そう笛が上手でしたから、山へ木を伐《き》りに行く時でも、仕事の合い間合い間には、腰にさしている笛を出して、独《ひと》りでその音《ね》を楽しんでいました。すると又不思議なことには、どんな鳥獣《とりけもの》や草木《くさき》でも、笛の面白さはわかるのでしょう。髪長彦がそれを吹き出すと、草はなびき、木はそよぎ、鳥や獣はまわりへ来て、じっとしまいまで聞いていました。

　ところが或日《あるひ》のこと、髪長彦はいつもの通り、とある大木の根がたに腰を卸《おろ》しながら、余念もなく笛を吹いていますと、忽《たちま》ち自分の目の前へ、青い勾玉《まがたま》を沢山ぶら下げた、足の一本しかない大男が現れて、

「お前は仲々笛がうまいな。己《おれ》はずっと昔から山奥の洞穴《ほらあな》で、神代《かみよ》の夢ばかり見ていたが、お前が木を伐りに来始めてからは、その笛の音に誘われて、毎日面白い思《おもい》をしていた。そこで今日はそのお礼に、ここまでわざわざ来たのだから、何でもお前の好きなものを望むが好《い》い」と言いました。

そこで木樵は、暫《しばら》く考えていましたが、

「私は犬が好きですから、どうか犬を一匹下さい」と答えました。

すると、大男は笑いながら、

「高《たか》が犬を一匹くれなどとは、お前も余《よ》っ程《ぽど》欲のない男だ。しかしその欲のないのも感心だから、外《ほか》には又とないような不思議な犬をくれてやろう。こう言う己は、葛城山の足一つの神だ」と言って、一声高く口笛を鳴らしますと、森の奥から一匹の白犬が、落葉を蹴立《けた》てて駈《か》けて来ました。

足一つの神はその犬を指《ゆび》さして、

「これは名を嗅げと言って、どんな遠い所の事でも嗅《か》ぎ出して来る利口な犬だ。では、一生己の代りに、大事に飼ってやってくれ」と言うかと思うと、その姿は霧のように消えて、見えなくなってしまいました。

髪長彦は大喜びで、この白犬と一しょに里へ帰って来ましたが、あくる日又、山へ行って、何気なく笛を鳴らしていると、今度は黒い勾玉を首へかけた、手の一本しかない大男が、どこからか形を現して、

「きのう己の兄きの足一つの神が、お前に犬をやったそうだから、己も今日は礼をしようと思ってやって来た。何か欲しいものがあるのなら、遠慮なく言うが好い。己は葛城山の手一つの神だ」と言いました。

　そうして髪長彦が、又「嗅げにも負けないような犬が欲しい」と答えますと、大男はすぐに口笛を吹いて、一匹の黒犬を呼び出しながら、

「この犬の名は飛べと言って、誰でも背中へ乗ってさえすれば百里でも千里でも、空を飛んで行くことが出来る。明日《あした》は又己の弟が、何かお前に礼をするだろう」と言って、前のようにどこかへ消え失《う》せてしまいました。

　するとあくる日は、まだ、笛を吹くか吹かないのに、赤い勾玉《まがたま》を飾りにした、目の一つしかない大男が、風のように空から舞い下って、

「己は葛城山の目一つの神だ、兄きたちがお前に礼をしたそうだから、己も嗅げや飛べに劣らないような、立派な犬をくれてやろう」と言ったと思うと、もう口笛の声が森中にひびき渡って、一匹の斑犬《ぶちいぬ》が牙《きば》をむき出しながら、駈けて来ました。

「これは噛めという犬だ。この犬を相手にしたが最後、どんな恐しい鬼神《おにがみ》でも、きっと一噛《ひとか》みに噛み殺されてしまう。唯《ただ》、己たちのやった犬は、どんな遠いところにいても、お前が笛を吹きさえすれば、きっとそこへ帰って来るが、笛がなければ来ないから、それを忘れずにいるが好《い》い」

　そう言いながら目一つの神は、又森の木の葉をふるわせて、風のように空へ舞い上ってしまいました。

二

それから四五日たった或日《あるひ》のことです。髪長彦は三匹の犬をつれて、葛城山の麓にある、路《みち》が三叉《みつまた》になった往来へ、笛を吹きながら来かかりますと、右と左と両方の路から、弓矢に身をかためた、二人の年若な侍が、逞《たくま》しい馬に跨《また》がって、しずしずこっちへやって来ました。

髪長彦はそれを見ると、吹いていた笛を腰へさして、叮嚀《ていねい》におじぎをしながら、

「もし、もし、殿様、あなた方は一体、どちらへいらっしゃるのでございます」と尋ねました。

すると二人の侍が、交《かわ》る交《がわ》る答えますには、

「今度飛鳥《あすか》の大臣様《おおおみさま》の御姫様が御二方、どうやら鬼神《おにがみ》のたぐいにでもさらわれたと見えて、一晩の中《うち》に御行方《おゆくえ》が知れなくなった」

「大臣様は大そうな御心配で、誰でも御姫様を探し出して来たものには、厚い御褒美《ごほうび》を下さると云う仰《おお》せだから、それで我々二人も、御行方を尋ねて歩いているのだ」

こう云って二人の侍は、女のような木樵《きこり》と三匹の犬とをさも莫迦《ばか》にしたように見下《みくだ》しながら、途《みち》を急いで行ってしまいました。

髪長彦は好《い》い事を聞いたと思いましたから、早速白犬の頭を撫《な》でて、

「嗅げ。嗅げ。御姫様たちの御行方を嗅ぎ出せ」と云いました。

すると白犬は、折から吹いて来た風に向って、頻《しきり》に鼻をひこつかせていましたが、忽《たちま》ち身ぶるいを一つするが早いか、

「わん、わん、御姉様《おあねえさま》の御姫様は、生駒山《いこまやま》の洞穴《ほらあな》に住んでいる食蜃人《しょくしんじん》の虜《とりこ》になっています」

と答えました。食蜃人と云うのは、昔八岐《やまた》の大蛇《おろち》を飼っていた、途方もない悪者なのです。

そこで木樵はすぐ白犬と斑犬《ぶちいぬ》とを、両方の側《わき》にかかえたまま、黒犬の背中に跨って、大きな声でこう云いつけました。

「飛べ。飛べ。生駒山の洞穴に住んでいる食蜃人の所へ飛んで行け」

その言《ことば》がまだ終らない中《うち》です。恐しいつむじ風が、髪長彦の足の下から吹き起ったと思いますと、まるで一ひらの木《こ》の葉のように、見る見る黒犬は空へ舞い上って、青雲《あおぐも》の向うにかくれている、遠い生駒山の峯《みね》の方へ、真一文字《まいちもんじ》に飛び始めました。

三

やがて髪長彦《かみながひこ》が生駒山へ来て見ますと、成程《なるほど》山の中程に大きな洞穴が一つあって、その中に金の櫛《くし》をさした、綺麗《きれい》な御姫様が一人、しくしく泣いていらっしゃいました。

「御姫様、御姫様、私《わたくし》が御迎えにまいりましたから、もう御心配には及びません。さあ、早く、御父様の所へ御帰りになる御仕度《おしたく》をなすって下さいまし」

こう髪長彦が云いますと、三匹の犬も御姫様の裾《すそ》や袖《そで》を啣《くわ》えながら、

「さあ早く、御仕度をなすって下さいまし。わん、わん、わん」と吠《ほ》えました。

しかし御姫様は、まだ御眼に涙をためながら、洞穴の奥の方をそっと指さして御見せになって、

「それでもあすこには、私《わたし》をさらって来た食蜃人が、さっきから御酒に酔って寝ています。あれが目をさましたら、すぐに追いかけて来るでしょう。そうすると、あなたも私も、命をとられてしまうのにちがいありません」と仰有《おっしゃ》いました。

髪長彦はにっこりとほほ笑《え》んで、

「高の知れた食蜃人なぞを、何でこの私《わたくし》が怖《こわ》がりましょう。その証拠には、今ここで、訣《わけ》なく私が退治して御覧に入れます」と云いながら、斑犬の背中を一つたたいて、

「嚙め。嚙め。この洞穴の奥にいる食蜃人を一嚙みに嚙み殺せ」と、勇ましい声で云いつけました。

すると斑犬はすぐ牙《きば》をむき出して、雷《かみなり》のように唸《うな》りながら、まっしぐらに洞穴の中へとびこみましたが、忽ちの中《うち》に又血だらけな食蜃人の首を啣えたまま、尾をふって外へ出て来ました。

ところが不思議な事には、それと同時に、雲で埋《うず》まっている谷底から、一陣の風がまき起りますと、その風の中に何かいて、

「髪長彦さん。難有《ありがと》う。この御恩は忘れません。私は食蜃人にいじめられていた、生駒山の駒姫《こまひめ》です」と、やさしい声で云いました。

しかし御姫様は、命拾いをなすった嬉しさに、この声も聞えないような御容子《ごようす》でしたが、やがて髪長彦の方を向いて、心配そうに仰有《おっしゃ》いますには、

「私《わたくし》はあなたのおかげで命拾いをしましたが、妹は今時分どこでどんな目に逢《あ》っておりましょう」

髪長彦はこれを聞くと、又白犬の頭を撫でながら、

「嗅げ。嗅げ。御姫様の御行方を嗅ぎ出せ」と云いました。と、すぐに白犬は、

「わん、わん、御妹御《おいもとご》の御姫様は笠置山《かさぎやま》の洞穴《ほらあな》に棲《す》んでいる土蜘蛛《つちぐも》の虜《とりこ》になっています」と、主人の顔を見上げながら、鼻をびくつかせて答えました。この土蜘蛛と云うのは、昔、神武《じんむ》天皇様が御征伐になった事のある、一寸法師の悪者なのです。

そこで髪長彦は、前のように二匹の犬を小脇《こわき》にかかえて御姫様と一しょに黒犬の背中へ跨りながら、

「飛べ。飛べ。笠置山の洞穴に住んでいる土蜘蛛の所へ飛んで行け」と云いますと、黒犬は忽ち空へ飛び上って、これも青雲《あおぐも》のたなびく中に聳《そび》えている笠置山へ矢よりも早く駈け始めました。

四

さて笠置山へ着きますと、ここにいる土蜘蛛は至って悪知慧《わるぢえ》のあるやつでしたから、髪長彦の姿を見るが早いか、わざとにこにこ笑いながら、洞穴の前まで迎えに出て、

「これは、これは、髪長彦さん。遠方御苦労でございました。まあ、こっちへおはいりなさい。碌《ろく》なものはありませんが、せめて鹿の生胆《いきぎも》か熊の孕子《はらみご》でも御馳走《ごちそう》しましょう」と云いました。

しかし髪長彦は首をふって、

「いや、いや、己《おれ》はお前がさらって来た御姫様をとり返しにやって来たのだ。早く御姫様を返せばよし、さもなければあの食蜃人同様、殺してしまうからそう思え」と、恐しい勢《いきおい》で叱りつけました。

すると土蜘蛛は、一ちぢみにちぢみ上って、

「ああ、御返し申しますとも、何であなたの仰有る事に、いやだなどと申しましょう。御姫様はこの奥にちゃんと、独《ひと》りでいらっしゃいます。どうか御遠慮なく中へはいって、御つれになって下さいまし」と、声をふるわせながら云いました。

そこで髪長彦は、御姉様《おあねえさま》の御姫様と三匹の犬とをつれて、洞穴の中へはいりますと、成程ここにも銀の櫛をさした、可愛らしい御姫様が、悲しそうにしくしく泣いています。

　それが人の来た容子に驚いて、急いでこちらを御覧になりましたが、御姉様の御顔を一目見たと思うと、

「御姉様」

「妹」と、二人の御姫様は一度に両方から駈けよって、暫くは互に抱き合ったまま、うれし涙にくれていらっしゃいました。髪長彦もこの気色《けしき》を見て、貰《もら》い泣《なき》をしていましたが、急に三匹の犬が背中の毛を逆立《さかだ》てて、

「わん。わん。土蜘蛛の畜生め」

「憎いやつだ。わん。わん。わん」

「わん。わん。わん。覚えていろ。わん。わん。わん」と、気の違ったように吠え出しましたから、ふと気がついてふり返ると、あの狡猾《こうかつ》な土蜘蛛は、何時《いつ》どうしたのか、大きな岩で、一分《いちぶ》の隙《すき》もないように、外から洞穴の入口をぴったりふさいでしまいました。おまけにその岩の向うでは、

「ざまを見ろ、髪長彦め。こうして置けば、貴様たちは、一月とたたない中《うち》に、ひぼしになって死んでしまうぞ。何と己様《おれさま》の計略は、恐れ入ったものだろう」と、手を拍《たた》いて土蜘蛛の笑う声がしています。

　これにはさすがの髪長彦も、さては一ぱい食わされたかと、一時は口惜《くや》しがりましたが、幸《さいわい》思い出したのは、腰にさしていた笛の事です。この笛を吹きさえすれば、鳥獣《とりけもの》は云うま

でもなく、草木《くさき》もうっとり聞き惚《ほ》れるのですから、あの狡猾な土蜘蛛も、心を動かさないとは限りません。そこで髪長彦は勇気をとり直して、吠えたける犬をなだめながら、一心不乱に笛を吹き出しました。

するとその音色《ねいろ》の面白さには、悪者の土蜘蛛も、追々《おいおい》我を忘れたのでしょう。始《はじめ》は洞穴の入口に耳をつけて、じっと聞き澄ましていましたが、とうとうしまいには夢中になって、一寸二寸と大岩を、少しずつ側《わき》へ開きはじめました。

それが人一人通れる位、大きな口をあいた時です。髪長彦は急に笛をやめて、「嚙め。嚙め。洞穴の入口に立っている土蜘蛛を嚙み殺せ」と、斑犬《ぶちいぬ》の背中をたたいて、云いつけました。

この声に胆《きも》をつぶして、一目散に土蜘蛛は、逃げ出そうとしましたが、もうその時は間に合いません。「嚙め」はまるで電《いなずま》のように、洞穴の外へ飛び出して、何の苦もなく土蜘蛛を嚙み殺してしまいました。

ところが又不思議な事には、それと同時に谷底から、一陣の風が吹き起って、「髪長彦さん。難有《ありがと》う。この御恩は忘れません。私《わたし》は土蜘蛛にいじめられていた、笠置山の笠姫《かさひめ》です」と、やさしい声が聞えました。

五

それから髪長彦《かみながひこ》は、二人の御姫様と三匹の犬とをひきつれて、黒犬の背に跨《また》がりながら、笠置山《かさぎやま》の頂から、飛鳥《あすか》の大臣様《おおおみさま》の御出《おいで》になる都の方へまっすぐに、空を飛んでまいりました。その途中で二人の御姫様は、どう御思いになったのか、御自分たちの金の櫛と銀の櫛とをぬきとって、それを髪長彦の長い髪へそっとさして御置きになりました。が、こっちは元よりそんな事には、気がつく筈《はず》がありません。唯《ただ》、一生懸命に黒犬を急がせながら、美しい大和《やまと》の国原《くにはら》を足の下に見下《みお》ろして、ずんずん空を飛んで行きました。

その中《うち》に髪長彦は、あの始めに通りかかった、三つ叉《また》の路の空まで、犬を進めて来ましたが、見るとそこにはさっきの二人の侍が、どこからかの帰りと見えて、又馬を並べながら、都の方へ急いでいます。これを見ると、髪長彦は、ふと自分の大手柄を、この二人の侍たちにも聞かせたいと云う心もちが起って来たものですから、

「下りろ。下りろ。あの三つ叉になっている路の上へ下りて行け」と、こう黒犬に云いつけました。

こっちは二人の侍です。折角方々探しまわったのに、御姫様たちの御行方《おゆくえ》がどうしても知れないので、しおしお馬を進めていると、いきなりその御姫様たちが、女のような木樵《きこり》と一しょに、逞《たくま》しい黒犬に跨って、空から舞い下って来たのですから、その驚きと云ったらあり

ません。

　髪長彦は犬の背中を下りると、叮嚀に又おじぎをして、

「殿様、私《わたくし》はあなた方に御別れ申してから、すぐに生駒山《いこまやま》と笠置山とへ飛んで行って、この通《とお》り御二方の御姫様を御助け申してまいりました」と云いました。

　しかし二人の侍は、こんな卑しい木樵などに、まんまと鼻をあかされたのですから、羨《うらや》ましいのと、妬《ねた》ましいのとで、腹が立って仕方がありません。そこで上辺《うわべ》はさも嬉しそうに、いろいろ髪長彦の手柄を褒《ほ》め立てながら、とうとう三匹の犬の由来や、腰にさした笛の不思議などをすっかり聞き出してしまいました。そうして髪長彦の油断をしている中に、先《ま》ず大事な笛をそっと腰からぬいてしまうと、二人はいきなり黒犬の背中へとび乗って、二人の御姫様と二匹の犬とを、しっかり両脇に抱《かか》えながら、

「飛べ。飛べ。飛鳥の大臣様のいらっしゃる、都の方へ飛んで行け」と、声を揃《そろ》えて喚《わめ》きました。

　髪長彦は驚いて、すぐに二人へとびかかりましたが、もうその時には大風が吹き起って、侍たちを乗せた黒犬は、きりりと尾を捲《ま》いたまま、遥《はるか》な青空の上の方へ舞い上って行ってしまいました。

　あとには唯、侍たちの乗りすてた二匹の馬が残っているばかりですから、髪長彦は三つ叉になった往来のまん中につっぷして、暫くは唯悲しそうにおいおい泣いておりました。

すると生駒山の峯《みね》の方から、さっと風が吹いて来たと思いますと、その風の中に声がして、

「髪長彦さん。髪長彦さん。私《わたし》は生駒山の駒姫です」と、やさしい囁《ささや》きが聞えました。

それと同時に又笠置山の方からも、さっと風が渡るや否や、やはりその風の中にも声があって、

「髪長彦さん。髪長彦さん。私は笠置山の笠姫です」と、これもやさしく囁きました。

そうしてその声が一つになって、

「これからすぐに私《わたし》たちは、あの侍たちの後を追って、笛をとり返して上げますから、少しも御心配なさいますな」と云うか云わない中《うち》に、風はびゅうびゅう唸りながら、さっき黒犬の飛んで行った方へ、狂って行ってしまいました。

が、少したつとその風は、又この三つ叉になった路の上へ、前のようにやさしく囁きながら、高い空から下《おろ》して来ました。

「あの二人の侍たちは、もう御二方の御姫様と一しょに、飛鳥の大臣様の前へ出て、いろいろ御褒美を頂いています。さあ、さあ、早くこの笛を吹いて、三匹の犬をここへ御呼びなさい。その間《あいだ》に私たちは、あなたが御出世の旅立を、恥しくないようにして上げましょう」

こう云う声がしたかと思うと、あの大事な笛を始め、金の鎧《よろい》だの、銀の兜《かぶと》だの、孔雀《くじゃく》の羽の矢だの、香木《こうぼく》の弓だの、立派な大将の装いが、まるで雨か霰《あられ》のように、眩《まぶ》しく日に輝きながら、ばらばら眼の前へ降って来ました。

六

それから暫くたって、香木の弓に孔雀の羽の矢を背負《しょ》った、神様のような髪長彦が、黒犬の背中に跨りながら、白と斑《ぶち》と二匹の犬を小脇にかかえて、飛鳥の大臣様の御館《おやかた》へ、空から舞い下って来た時には、あの二人の年若な侍たちが、どんなに慌《あわ》て騒ぎましたろう。

いや、大臣様でさえ、あまりの不思議に御驚きになって、暫くはまるで夢のように、髪長彦の凜々《りり》しい姿を、ぼんやり眺めていらっしゃいました。

が、髪長彦は先《まず》兜をぬいで、叮嚀に大臣様に御じぎをしながら、

「私はこの国の葛城山《かつらぎやま》の麓に住んでいる、髪長彦と申すものでございますが、御二方の御姫様を御助け申したのは私で、そこにおります御侍たちは、食蜃人や土蜘蛛を退治するのに、指一本でも御動かしになりは致しません」と申し上げました。

これを聞いた侍たちは、何しろ今までは髪長彦の話した事を、さも自分たちの手柄らしく吹聴《ふいちょう》していたのですから、二人とも急に顔色を変えて、相手の言《ことば》を遮《さえぎ》りながら、

「これは又思いもよらない嘘《うそ》をつくやつでございます。食蜃人の首を斬ったのも私《わたくし》たちなら、土蜘蛛の計略を見やぶったのも、私たちに相違ございません」と、誠《まこと》しやかに申し上げました。

そこでまん中に立った大臣様は、どちらの云う事がほんとうとも、見きわめが御つきにな

らないので、侍たちと髪長彦を御見比べなさりながら、

「これはお前たちに聞いて見るより外はない。一体お前たちを助けたのは、どっちの男だったと思う」と、御姫様たちの方を向いて、仰有《おっしゃ》いました。

するとニ人の御姫様は、一度に御父様の胸に御すがりになりながら、

「私《わたし》たちを助けましたのは、髪長彦でございます。その証拠には、あの男のふさふさした長い髪に、私たちの櫛をさして置きましたから、どうかそれを御覧下さいまし」と、恥しそうに御云いになりました。見ると成程、髪長彦の頭には、金の櫛と銀の櫛とが、美しくきらきら光っています。

もうこうなっては侍たちも、外に仕方はございませんから、とうとう大臣様の前にひれ伏して、

「実は私《わたくし》たちが悪だくみで、あの髪長彦の助けた御姫様を、私たちの手柄のように、ここでは申し上げたのでございます。この通り白状致しました上は、どうか命ばかりは御助け下さいまし」と、がたがたふるえながら申し上げました。

それから先の事は、別に御話しするまでもありますまい。髪長彦は沢山御褒美を頂いた上に、飛鳥の大臣様の御婿様《おむこさま》になりましたし、二人の若い侍たちは、三匹の犬に追いまわされて、ほうほう御館《おやかた》の外へ逃げ出してしまいました。唯、どちらの御姫様が、髪長彦の御嫁さんになりましたか、それだけは何分昔の事で、今ではは っきりとわかっておりません。

蜜_み

柑_{かん}

或《ある》曇った冬の日暮である。私《わたくし》は横須賀《よこすか》発上り二等客車の隅《すみ》に腰を下して、ぼんやり発車の笛を待っていた。とうに電燈のついた客車の中には、珍らしく私の外に一人も乗客はいなかった。外を覗《のぞ》くと、うす暗いプラットフォオムにも、今日は珍しく見送りの人影さえ跡を絶って、唯《ただ》、檻《おり》に入れられた小犬が一匹、時々悲しそうに、吠《ほ》え立てていた。これらはその時の私の心もちと、不思議な位似つかわしい景色だった。私の頭の中には云いようのない疲労と倦怠《けんたい》とが、まるで雪曇りの空のようなどんよりした影を落していた。私は外套《がいとう》のポケットへじっと両手をつっこんだまま、そこにはいっている夕刊を出して見ようと云う元気さえ起らなかった。

が、やがて発車の笛が鳴った。私はかすかな心の寛《くつろ》ぎを感じながら、後《うしろ》の窓枠《まどわく》へ頭をもたせて、眼の前の停車場がずるずると後ずさりを始めるのを待つともなく待ちかまえていた。ところがそれよりも先にけたたましい日和下駄《ひよりげた》の音が、改札口の方から聞え出したと思うと、間もなく車掌の何か云い罵《ののし》る声と共に、私の乗っている二等室の戸ががらりと開いて、十三四の小娘が一人、慌《あわただ》しく中へはいって来た、と同時に一つずしりと揺れて、徐《おもむろ》に汽車は動き出した。一本ずつ眼をくぎって行くプラットフォオムの柱、置き忘れたような運水車、それから車内の誰かに祝儀の礼を云っている赤帽――そう云うすべては、窓へ吹きつける煤煙《ばいえん》の中に、未練がましく後《うしろ》へ倒れて行った。私は漸《ようや》くほっとした心もちになって、巻煙草《まきたばこ》に火をつけながら、始めて懶《ものう》い睚《まぶた》をあげて、前の席に腰を下していた小娘の顔を一瞥《べつ》した。

それは油気のない髪をひっつめの銀杏返《いちょうがえ》しに結って、横なでの痕《あと》のある皸《ひび》だらけの両頬《ほお》を気持の悪い程赤く火照《ほて》らせた、如何《いか》にも田舎者《いなかもの》らしい娘だった。しかも垢《あか》じみた萌黄《もえぎ》色《いろ》の毛糸の襟巻《えりまき》がだらりと垂れ下った膝《ひざ》の上には、大きな風呂敷包みがあった。その又包みを抱いた霜焼けの手の中には、三等の赤切符が大事そうにしっかり握られていた。私はこの小娘の下品な顔だちを好まなかった。それから彼女の服装が不潔なのもやはり不快だった。最後にその二等と三等との区別さえも弁《わきま》えない愚鈍な心が腹立たしかった。だから巻煙草に火をつけた私は、一つにはこの小娘の存在を忘れたいと云う心もちもあって、今度はポッケットの夕刊を漫然と膝の上へひろげて見た。するとその時夕刊の紙面に落ちていた外光が、突然電燈の光に変って、刷《すり》の悪い何欄かの活字が意外な位鮮《あざやか》に私の眼の前へ浮んで来た。云うまでもなく汽車は今、横須賀線に多い隧道《トンネル》の最初のそれへはいったのである。

しかしその電燈の光に照らされた夕刊の紙面を見渡しても、やはり私の憂鬱《ゆううつ》を慰むべく、世間は余りに平凡な出来事ばかりで持ち切っていた。講和問題、新婦新郎、瀆職《とくしょく》事件、死亡広告――私は隧道へはいった一瞬間、汽車の走っている方向が逆になったような錯覚を感じながら、それらの索漠《さくばく》とした記事から記事へ殆《ほとんど》機械的に眼を通した。が、その間も勿論《もちろん》あの小娘が、あたかも卑俗な現実を人間にしたような面持《おもも》ちで、私の前に坐っている事を絶えず意識せずにはいられなかった。この隧道の中の汽車と、この田舎者の小娘と、そうして又この平凡な記事に埋《うずま》っている夕刊と、――これが象徴でなくて何であろう。不可解な、下等な、退屈な人生の象徴でなくて何であろう。私は一切がくだらなくなって、読みかけた夕刊を抛《ほう》り出すと、又窓枠に頭を靠《もた》せながら、死んだように眼をつぶって、うつらうつらし始めた。

それから幾分か過ぎた後であった。ふと何かに脅《おびやか》されたような心もちがして、思わずあたりを見まわすと、何時《いつ》の間《ま》にか例の小娘が、向う側から席を私の隣へ移して、頻《しきり》に窓を開けようとしている。が、重い硝子《ガラス》戸は中々思うようにあがらないらしい。あの皸《ひび》だらけの頰は愈《いよいよ》赤くなって、時々鼻《は》洟《な》をすすりこむ音が、小さな息の切れる声と一しょに、せわしなく耳へはいって来る。これは勿論私にも、幾分ながら同情を惹《ひ》くに足るものには相違なかった。しかし汽車が今将《まさ》に隧道の口へさしかかろうとしている事は、暮色の中に枯草ばかり明《あかる》い両側の山腹が、間近く窓側に迫って来たのでも、すぐに合点《がてん》の行く事であった。にも関《かかわ》らずこの小娘は、わざわざしめてある窓の戸を下そうとする、――その理由が私には呑《の》みこめなかった。いや、それが私には、単にこの小娘の気まぐれだとしか考えられなかった。だから私は腹の底に依然として険しい感情を蓄《たくわ》えながら、あの霜焼けの手が硝子戸を擡《もた》げようとして悪戦苦闘する容子《ようす》を、まるでそれが永久に成功しない事でも祈るような冷酷な眼で眺《なが》めていた。すると間もなく凄《すさま》じい音をはためかせて、汽車が隧道へなだれこむと同時に、小娘の開けようとした硝子戸は、とうとうばたりと下へ落ちた。そうしてその四角な穴の中から、煤《すす》を溶《とか》したようなどす黒い空気が、俄《にわか》に息苦しい煙になって、濛々《もうもう》と車内へ漲《みなぎ》り出した。元来咽喉《のど》を害していた私は、手巾《ハンケチ》を顔に当てる暇さえなく、この煙を満面に浴びせられたおかげで、殆《ほとんど》息もつけない程咳《せ》きこまなければならなかった。が、小娘は私に頓着《とんじゃく》する気色《けしき》も見えず、窓から外へ首をのばして、闇を吹く風に銀杏返しの鬢《びん》の毛を戦《そよ》がせながら、じっと汽車の進む方向を見やっている。その姿を煤煙と電燈の光との中に眺めた時、もう窓の外が見る見る明くなって、そこから土の匂《におい》や枯草の匂や水の匂が冷《ひや》やかに流れこんで来なかったなら、漸《ようやく》咳きやんだ私は、この見知らない小娘を頭ごなしに叱りつけてでも、又元の通り窓の戸をしめさせたのに相違なかったのである。

しかし汽車はその時分には、もう安々と隧道を辷《すべ》りぬけて、枯草の山と山との間に挟《はさ》まれた、或貧しい町はずれの踏切りに通りかかっていた。踏切りの近くには、いずれも見すぼらしい藁屋根《わらやね》や瓦屋根《かわらやね》がごみごみと狭苦しく建てこんで、踏切り番が振るのであろう、唯一旒《いちりゅう》のうす白い旗が懶《ものう》げに暮色を揺《ゆす》っていた。やっと隧道を出たと思う――その時その蕭索《しょうさく》とした踏切りの柵《さく》の向うに、私は頬の赤い三人の男の子が、目白押しに並んで立っているのを見た。彼等は皆、この曇天に押しすくめられたかと思う程、揃《そろ》って背が低かった。そうして又この町はずれの陰惨たる風物と同じような色の着物を着ていた。それが汽車の通るのを仰ぎ見ながら、一斉に手を挙《あ》げるが早いか、いたいけな喉《のど》を高く反《そ》らせて、何とも意味の分らない喊声《かんせい》を一生懸命に迸《ほとばし》らせた。するとその瞬間である。窓から半身を乗り出していた例の娘が、あの霜焼けの手をつとのばして、勢《いきおい》よく左右に振ったと思うと、忽《たちま》ち心を躍《おど》らすばかり暖な日の色に染まっている蜜柑が凡《およ》そ五つ六つ、汽車を見送った子供たちの上へばらばらと空から降って来た。私は思わず息を呑《の》んだ。そうして刹那《せつな》に一切《いっさい》を了解した。小娘は、恐らくはこれから奉公先へ赴《おもむ》こうとしている小娘は、その懐《ふところ》に蔵していた幾顆《いくか》の蜜柑を窓から投げて、わざわざ踏切りまで見送りに来た弟たちの労に報いたのである。

暮色を帯びた町はずれの踏切りと、小鳥のように声を挙げた三人の子供たちと、そうしてその上に乱落《らんらく》する鮮《あざやか》な蜜柑の色と――すべては汽車の窓の外に、瞬《また》く暇もなく通り過ぎた。が、私の心の上には、切ない程はっきりと、この光景が焼きつけられた。そうしてそこから、或得体の知れない朗《ほがらか》な心もちが湧《わ》き上って来るのを意識した。私は昂然《こうぜん》と頭を挙げて、まるで別人を見るようにあの小娘を注視した。小娘は何時かもう私の前の席に返って、相不変《あいかわらず》皸《ひび》だらけの頬を萌黄色の毛糸の襟巻に埋めながら、大きな風呂敷包みを抱《かか》えた手に、しっかりと三等切符を握っている。……………………

私はこの時始めて、云いようのない疲労と倦怠とを、そうして又不可解な、下等な、退屈な人生を僅《わずか》に忘れる事が出来たのである。

魔術

或時雨《あるしぐれ》の降る晩のことです。私《わたし》を乗せた人力車は、何度も大森界隈《かいわい》の険しい坂を上ったり下りたりして、やっと竹藪《たけやぶ》に囲まれた、小さな西洋館の前に梶棒《かじぼう》を下《おろ》しました。もう鼠《ねずみ》色のペンキの剝《は》げかかった、狭苦しい玄関には、車夫の出した提灯《ちょうちん》の明りで見ると、印度《インド》人マテイラム・ミスラ（二）と日本字で書いた、これだけは新しい、瀬戸物の標札がかかっています。

マテイラム・ミスラ君と云えば、もう皆さんの中にも、御存じの方が少くないかも知れません。ミスラ君は永年印度の独立を計っているカルカッタ生れの愛国者で、同時に又ハッサン・カンという名高い婆羅門《ばらもん》（三）の秘法を学んだ、年の若い魔術の大家なのです。私は丁度一月ばかり以前から、或友人の紹介でミスラ君と交際していましたが、政治経済の問題などはいろいろ議論したことがあっても、肝腎《かんじん》の魔術を使う時には、まだ一度も居合せたことがありません。そこで今夜は前以《もっ》て、魔術を使って見せてくれるように、手紙で頼んで置いてから、当時ミスラ君の住んでいた、寂しい大森の町はずれまで、人力車を急がせて来たのです。

私は雨に濡《ぬ》れながら、覚束《おぼつか》ない車夫の提灯の明りを便りにその標札の下にある呼鈴《よびりん》の鈕《ボタン》を押しました。すると間もなく戸が開《あ》いて、玄関へ顔を出したのは、ミスラ君の世話をしている、背の低い日本人の御婆さんです。

「ミスラ君は御出《おい》でですか」

「いらっしゃいます。先程からあなた様を御待ち兼ねでございました」

御婆さんは愛想《あいそ》よくこう言いながら、すぐその玄関のつきあたりにある、ミスラ君の部屋へ私を案内しました。

「今晩は、雨の降るのによく御出でで下さいました」

色のまっ黒な、眼の大きい、柔《やわら》かな口髭《くちひげ》のあるミスラ君は、テエブルの上にある石油ランプの心《しん》を撚《ひね》りながら、元気よく私に挨拶《あいさつ》しました。

「いや、あなたの魔術さえ拝見出来れば、雨位は何ともありません」

私は椅子に腰をかけてから、うす暗い石油ランプの光に照された、陰気な部屋の中を見廻しました。

ミスラ君の部屋は質素な西洋間で、まん中にテエブルが一つ、壁際《かべぎわ》に手ごろな書棚《しょだな》が一つ、それから窓の前に机が一つ——外《ほか》には唯《ただ》我々の腰をかける、椅子が並んでいるだけです。しかもその椅子や机が、みんな古ぼけた物ばかりで、縁へ赤く花模様を織り出した、派手なテエブル掛でさえ、今にもずたずたに裂けるかと思うほど、糸目が露《あらわ》になっていました。

私たちは挨拶をすませてから、暫《しばら》くは外の竹藪に降る雨の音を聞くともなく聞いていましたが、やがて又あの召使いの御婆さんが、紅茶の道具を持ってはいって来ると、ミスラ君は葉巻の箱の蓋《ふた》を開けて、

「どうです。一本」と勧めてくれました。

「難有《ありがと》う」

私は遠慮なく葉巻を一本取って、燐寸《マッチ》の火をうつしながら、

「確《たしか》あなたの御使いになる精霊は、ジンとかいう名前でしたね。するとこれから私が拝見する魔術と言うのも、そのジンの力を借りてなさるのですか」

ミスラ君は自分も葉巻へ火をつけると、にやにや笑いながら、匂《におい》の好い煙を吐いて、

「ジンなどという精霊があると思ったのは、もう何百年も昔のことです。アラビヤ夜話《やわ》の時代のこととでも言いましょうか。私がハッサン・カンから学んだ魔術は、あなたでも使おうと思えば使えますよ。高《たか》が進歩した催眠術に過ぎないのですから。――御覧なさい。この手を唯、こうしさえすれば好いのです」

ミスラ君は手を挙《あ》げて、二三度私の眼の前へ三角形のようなものを描きましたが、やがてその手をテエブルの上へやると、縁へ赤く織り出した模様の花をつまみ上げました。私はびっくりして、思わず椅子をずりよせながら、よくよくその花を眺《なが》めましたが、確にそれは今の今まで、テエブル掛の中にあった花模様の一つに違いありません。が、ミスラ君がその花を私の鼻の先へ持って来ると、丁度麝香《じゃこう》か何かのように重苦しい匂さえするのです。私はあまりの不思議さに、何度も感嘆の声を洩《もら》しますと、ミスラ君はやはり微笑したまま、又無造作にその花をテエブル掛の上へ落しました。勿論《もちろん》落すともとの通り、花は織り出した模様に

なって、つまみ上げることどころか、花びら一つ自由には動かせなくなってしまうのです。

「どうです。訳はないでしょう。今度は、このランプを御覧なさい」

ミスラ君はこう言いながら、ちょいとテエブルの上のランプを置き直しましたが、その拍子にどういう訳か、ランプはまるで独楽《こま》のように、ぐるぐる廻り始めました。それもちゃんと一所《ひとところ》に止ったまま、ホヤを心棒のようにして、勢《いきおい》よく廻り始めたのです。初《はじめ》の内は私も胆《きも》をつぶして、万一火事にでもなっては大変だと、何度もひやひやしましたが、ミスラ君は静に紅茶を飲みながら、一向騒ぐ容子《ようす》もありません。そこで私もしまいには、すっかり度胸が据《すわ》ってしまって、だんだん早くなるランプの運動を、眼も離さず眺めていました。

又実際ランプの蓋《かさ》が風を起して廻る中に、黄いろい焔《ほのお》がたった一つ、瞬《またた》きもせずにともっているのは、何とも言えず美しい、不思議な見物《みもの》だったのです。が、その内にランプの廻るのが、愈《いよいよ》速《すみやか》になって行って、とうとう廻っているとは見えない程、澄み渡ったと思いますと、何時《いつ》の間《ま》にか、前のようにホヤ一つ歪《ゆが》んだ気色《けしき》もなく、テエブルの上に据っていました。

「驚きましたか。こんなことはほんの子供瞞《だま》しですよ。それともあなたが御望みなら、もう一つ何か御覧に入れましょう」

ミスラ君は後《うしろ》を振返って、壁側《かべぎわ》の書棚を眺めましたが、やがてその方へ手をさし伸ばして、招くように指を動かすと、今度は書棚に並んでいた書物が一冊ずつ動き出して、自然にテエブルの上まで飛んで来ました。その又飛び方が両方へ表紙を開いて、夏の夕方に飛び交《か》う蝙蝠《こうもり》のように、ひらひらと宙へ舞上るのです。私は葉巻を口へ啣《くわ》えたまま、呆気《あっけ》にとられて見ていましたが、書物はうす暗いランプの光の中に何冊も自由に飛び廻って、一々行儀よくテエブルの上へピラミッド形に積み上りました。しかも残らずこちらへ移ってしまったと思うと、すぐに最初来たのから動き出して、もとの書棚へ順々に飛び還《かえ》って行くじゃありませんか。

が、中でも一番面白かったのは、うすい仮綴《かりと》じの書物が一冊、やはり翼のように表紙を開いて、ふわりと空へ上りましたが、暫くテエブルの上で輪を描いてから、急に頁《ページ》をざわつかせると、逆落《さかおと》しに私の膝《ひざ》へさっと下りて来たことです。どうしたのかと思って手にとって見ると、これは私が一週間ばかり前にミスラ君へ貸した覚えがある、仏蘭西《フランス》の新しい小説でした。

「永々《ながなが》御本を難有《ありがと》う」

ミスラ君はまだ微笑を含んだ声で、こう私に礼を言いました。勿論その時はもう多くの書物が、みんなテエブルの上から書棚の中へ舞い戻ってしまっていたのです。私は夢からさめたような心もちで、暫時は挨拶さえ出来ませんでしたが、その内にさっきミスラ君の言った、「私の魔術などというものは、あなたでも使おうと思えば使えるのです」という言葉を思い出しましたから、

「いや、兼ね兼ね評判はうかがっていましたが、あなたのお使いなさる魔術が、これ程不思

議なものだろうとは、実際、思いもよりませんでした。ところで私のような人間にも、使って使えないことのないと言うのは、御冗談ではないのですか」

「使えますとも。誰にでも造作なく使えます。唯――」と言いかけてミスラ君は、じっと私の顔を眺めながら、いつになく真面目《まじめ》な口調になって、

「唯、慾《よく》のある人間には使えません。ハッサン・カンの魔術を習おうと思ったら、まず慾を捨てることです。あなたにはそれが出来ますか」

「出来るつもりです」

私はこう答えましたが、何となく不安な気もしたので、すぐに又後《あと》から言葉を添えました。

「魔術さえ教えて頂ければ」

それでもミスラ君は疑わしそうな眼つきを見せましたが、さすがにこの上念を押すのは無躾《ぶしつけ》だとでも思ったのでしょう。やがて大様《おおよう》に頷《うなず》きながら、

「では教えて上げましょう。が、いくら造作なく使えると言っても、習うのには暇もかかりますから、今夜は私の所へ御泊りなさい」

「どうもいろいろ恐れ入ります」

私は魔術を教えて貰《もら》う嬉しさに、何度もミスラ君へ御礼を言いました。が、ミスラ君はそんなことに頓着《とんじゃく》する気色もなく、静に椅子から立上ると、

「御婆サン。御婆サン。今夜ハ御客様ガ御泊リニナルカラ、寝床ノ仕度《したく》ヲシテ置イテオク

レ」

私は胸を躍《おど》らしながら、葉巻の灰をはたくのも忘れて、まともに石油ランプの光を浴びた、親切そうなミスラ君の顔を思わずじっと見上げました。

＊　＊　＊

私がミスラ君に魔術を教わってから、一月ばかりたった後《のち》のことです。これもやはりざあざあ雨の降る晩でしたが、私は銀座の或《ある》倶楽部《クラブ》の一室で、五六人の友人と、暖炉の前へ陣取りながら、気軽な雑談に耽《ふけ》っていました。

何しろここは東京の中心ですから、窓の外に降る雨脚《あまあし》も、しっきりなく往来する自働車や馬車の屋根を濡らすせいか、あの、大森の竹藪《たけやぶ》にしぶくような、ものさびしい音は聞えません。

勿論窓の内の陽気なことも、明《あか》るい電燈の光と言い、大きなモロッコ皮の椅子と言い、或《あるい》は又滑《なめら》かに光っている寄木細工《よせぎ》の床《ゆか》と言い、見るから精霊でも出て来そうな、ミスラ君の部屋などとは、まるで比べものにはならないのです。

私たちは葉巻の煙の中に、暫くは猟の話だの競馬の話だのをしていましたが、その内に一人の友人が、吸いさしの葉巻を暖炉の中に抛《ほう》りこんで、私の方へ振り向きながら、

「君は近頃魔術を使うという評判だが、どうだい。今夜は一つ僕たちの前で使って見せてく

れないか」

「好いとも」

私は椅子の背に頭を靠《もた》せたまま、さも魔術の名人らしく、横柄《おうへい》にこう答えました。

「じゃ、何でも君に一任するから、世間の手品師などには出来そうもない、不思議な術を使って見せてくれ給え」

友人たちは皆賛成だと見えて、てんでに椅子をすり寄せながら、促すように私の方を眺めました。そこで私は徐《おもむろ》に立ち上って、

「よく見ていてくれ給えよ。僕の使う魔術には、種も仕掛もないのだから」

私はこう言いながら、両手のカフスをまくり上げて、暖炉の中に燃え盛《さか》っている石炭を、無造作に掌《てのひら》の上へすくい上げました。私を囲んでいた友人たちは、これだけでも、もう荒胆《あらぎも》を挫《ひし》がれたのでしょう。皆顔を見合せながらうっかり側へ寄って火傷《やけど》でもしては大変だと、気味悪るそうにしりごみさえし始めるのです。

そこで私の方は愈《いよいよ》落着き払って、その掌の上の石炭の火を、暫く一同の眼の前へつきつけてから、今度はそれを勢よく寄木細工の床へ撒《ま》き散らしました。その途端です、窓の外に降る雨の音を圧して、もう一つ変った雨の音が俄《にわか》に床の上から起ったのは。と言うのはまっ赤な石炭の火が、私の掌を離れると同時に、無数の美しい金貨になって、雨のように床の上へこぼれ飛んだからなのです。

友人たちは皆夢でも見ているように、茫然《ぼうぜん》と喝采《かっさい》するのさえも忘れていました。

「まずちょいとこんなものさ」

私は得意の微笑を浮べながら、静《しず》かに又元の椅子に腰を下しました。

「こりゃ皆ほんとうの金貨かい」

呆気にとられていた友人の一人が、漸《よう》やくこう私に尋ねたのは、それから五分ばかりたった後のことです。

「ほんとうの金貨さ。嘘《うそ》だと思ったら、手にとって見給え」

「まさか火傷をするようなことはあるまいね」

友人の一人は恐る恐る、床の上の金貨を手にとって見ましたが、

「成程《なるほど》こりゃほんとうの金貨だ。おい、給仕、箒《ほうき》と塵《ちり》取りとを持って来て、これを皆掃き集めてくれ」

給仕はすぐに言いつけられた通り、床の上の金貨を掃き集めて、堆《うずたか》く側のテエブルへ盛り上げました。友人たちは皆そのテエブルのまわりを囲みながら、

「ざっと二十万円位はありそうだね」

「いや、もっとありそうだ。華奢《きゃしゃ》なテエブルだった日には、つぶれてしまう位あるじゃないか」

「何しろ大した魔術を習ったものだ。石炭の火がすぐに金貨になるのだから」

「これじゃ一週間とたたない内に、岩崎や三井にも負けないような金満家になってしまうだろう」などと、口々に私の魔術を褒《ほ》めそやしました。が、私はやはり椅子によりかかったまま、悠然《ゆうぜん》と葉巻の煙を吐いて、

「いや、僕の魔術というやつは、一旦欲心を起したら、二度と使うことが出来ないのだ。だからこの金貨にしても、君たちが見てしまった上は、すぐに又元の暖炉の中へ抛りこんでしまおうと思っている」

友人たちは私の言葉を聞くと、言い合せたように、反対し始めました。これだけの大金を元の石炭にしてしまうのは、もったいない話だと言うのです。が、私はミスラ君に約束した手前もありますから、どうしても暖炉に抛りこむと、剛情に友人たちと争いました。すると、その友人たちの中でも、一番狡猾《こうかつ》だという評判のあるのが、鼻の先で、せせら笑いながら、

「君はこの金貨を元の石炭にしようと言う。僕たちは又したくないと言う。それじゃいつまでたったところで、議論が干《ひ》ないのは当り前だろう。そこで僕が思うには、この金貨を元手にして、君が僕たちと骨牌《かるた》をするのだ。そうしてもし君が勝ったなら、石炭にするとも何にするとも、自由に君が始末するが好《い》い。が、もし僕たちが勝ったなら、金貨のまま僕たちへ渡し給え。そうすれば御互の申し分も立って、至極満足だろうじゃないか」

それでも私はまだ首を振って、容易にその申し出しに賛成しようとはしませんでした。ところがその友人は、愈《あざけ》るような笑《えみ》を浮べながら、私とテエブルの上の金貨とを狡《ず》るそうに

じろじろ見比べて、

「君が僕たちと骨牌をしないのは、つまりその金貨を僕たちに取られたくないと思うからだろう。それなら魔術を使うために、慾心を捨てたとか何とかいう、折角の君の決心も怪しくなってくる訳じゃないか」

「いや、何も僕は、この金貨が惜しいから石炭にするのじゃない」

「それなら骨牌をやり給えな」

何度もこういう押問答を繰返した後で、とうとう私はその友人の言葉通り、テエブルの上の金貨を元手《もとで》に、どうしても骨牌を闘わせなければならない羽目に立ち至りました。勿論友人たちは皆大喜びで、すぐにトランプを一組取り寄せると、部屋の片隅《かたすみ》にある骨牌机を囲みながら、まだためらい勝ちな私を早く早くと急《せ》き立てるのです。

ですから私も仕方がなく、暫くの間は友人たちを相手に、嫌々《いやいや》骨牌をしていました。が、どういうものか、その夜に限って、ふだんは格別骨牌上手でもない私が、嘘のようにどんどん勝つのです。すると又妙なもので、始《はじめ》は気のりもしなかったのが、だんだん面白くなり始めて、ものの十分とたたない内に、いつか私は一切を忘れて、熱心に骨牌を引き始めました。

友人たちは、元より私から、あの金貨を残らず捲《ま》き上げるつもりで、わざわざ骨牌を始めたのですから、こうなると皆あせりにあせって、殆《ほとんど》血相さえ変るかと思うほど、夢中になって勝負を争い出しました。が、いくら友人たちが躍起となっても、私は一度も負けないばかりか、とうとうしまいには、あの金貨と略同《ほぼおな》じほどの金高《きんだか》だけ、私の方が勝ってしまったじゃありませんか。するとさっきの、人の悪い友人が、まるで、気違いのような勢で、私の前に、札《ふだ》をつきつけながら、

「さあ、引き給え。僕は僕の財産をすっかり賭《か》ける。地面も、家作《かさく》も、馬も、自働車も、一つ残らず賭けてしまう。その代り君はあの金貨の外に、今まで君が勝った金を悉《ことごと》く賭けるのだ。さあ、引き給え」

私はこの刹那《せつな》に慾が出ました。テエブルの上に積んである、山のような金貨ばかりか、折角私が勝った金さえ、今度運悪く負けたが最後、皆相手の友人に取られてしまわなければなりません。のみならずこの勝負に勝ちさえすれば、私は向うの全財産を一度に手へ入れることが出来るのです。こんな時に使わなければどこに魔術などを教わった、苦心の甲斐《かい》があるのでしょう。そう思うと私は矢も楯《たて》もたまらなくなって、そっと魔術を使いながら、決闘でもするような勢で、

「よろしい。まず君から引き給え」

「九《く》」

「王様《キング》」

私は勝ち誇った声を挙《あ》げながら、まっ蒼《さお》になった相手の眼の前へ、引き当てた札を出して見せました。すると不思議にもその骨牌の王様《キング》が、まるで魂がはいったように、冠をかぶ

った頭を擡《もた》げて、ひょいと札の外へ体を出すと、行儀よく剣を持ったまま、にやりと気味の悪い微笑を浮べて、

「御婆サン。御婆サン。御客様ハ御帰リニナルソウダカラ、寝床ノ仕度ハシナクテモ好イヨ」

と、聞き覚えのある声で言うのです。と思うと、どういう訳か、窓の外に降る雨脚《あまあし》までが、急に又あの大森の竹藪にしぶくような、寂しいざんざ降りの音を立て始めました。

ふと気がついてあたりを見廻すと、私はまだうす暗い石油ランプの光を浴びながら、まるであの骨牌の王様《キング》のような微笑を浮べているミスラ君と、向い合って坐っていたのです。

私が指の間に挟んだ葉巻の灰さえ、やはり落ちずにたまっているところを見ても、私が一月ばかりたったと思ったのは、ほんの二三分の間に見た、夢だったのに違いありません。けれどもその二三分の短い間に、私がハッサン・カンの魔術の秘法を習う資格のない人間だということは、私自身にもミスラ君にも、明《あきら》かになってしまったのです。私は恥しさに頭を下げたまま、暫くは口もきけませんでした。

「私の魔術を使おうと思ったら、まず慾を捨てなければなりません。あなたはそれだけの修業が出来ていないのです」

ミスラ君は気の毒そうな眼つきをしながら、縁へ赤く花模様を織り出したテエブル掛の上に肘《ひじ》をついて、静にこう私をたしなめました。

杜と子し春しゅん

一

或《あ》る春の日暮です。

唐《とう》の都洛陽《らくよう》(三)の西の門の下に、ぼんやり空を仰いでいる、一人の若者がありました。

若者は名を杜子春といって、元は金持の息子でしたが、今は財産を費《つか》い尽して、その日の暮しにも困る位、憐《あわれ》な身分になっているのです。

何しろその頃洛陽といえば、天下に並ぶもののない、繁昌《はんじょう》を極《きわ》めた都ですから、往来にはまだしっきりなく、人や車が通っていました。門一ぱいに当っている、油のような夕日の光の中に、老人のかぶった紗《しゃ》の帽子や、土耳古《トルコ》の女の金の耳環《みみわ》や、白馬《しろうま》に飾った色糸の手綱《たづな》が、絶えず流れて行く容子《ようす》は、まるで画のような美しさです。

しかし杜子春は相変らず、門の壁に身を凭《もた》せて、ぼんやり空ばかり眺《なが》めていました。空には、もう細い月が、うらうらと靡《なび》いた霞《かすみ》の中に、まるで爪の痕《あと》かと思う程、かすかに白く浮んでいるのです。

「日は暮れるし、腹は減るし、その上もうどこへ行っても、泊めてくれる所はなさそうだし――こんな思いをして生きている位なら、一そ川へでも身を投げて、死んでしまった方がましかも知れない」

杜子春はひとりさっきから、こんな取りとめもないことを思いめぐらしていたのです。するとどこからやって来たか、突然彼の前へ足を止めた、片目眇《すがめ》の老人があります。それが夕日の光を浴びて、大きな影を門へ落すと、じっと杜子春の顔を見ながら、

「お前は何を考えているのだ」と、横柄に言葉をかけました。

「私《わたし》ですか。私は今夜寝る所もないので、どうしたものかと考えているのです」

老人の尋ね方が急でしたから、杜子春はさすがに眼を伏せて、思わず正直な答をしました。

「そうか。それは可哀そうだな」

老人は暫《しばら》く何事か考えているようでしたが、やがて、往来にさしている夕日の光を指さしながら、

「ではおれが好《い》いことを一つ教えてやろう。今この夕日の中に立って、お前の影が地に映ったら、その頭に当る所を夜中《よなか》に掘って見るが好い。きっと車に一ぱいの黄金《おうごん》が埋《う》まっている筈《はず》だから」

「ほんとうですか」

杜子春は驚いて、伏せていた眼を挙《あ》げました。ところが更に不思議なことには、あの老人はどこへ行ったか、もうあたりにはそれらしい、影も形も見当りません。その代り空の月の色は前よりも猶《なお》白くなって、休みない往来の人通りの上には、もう気の早い蝙蝠《こうもり》が二三匹ひらひら舞っていました。

二

杜子春は一日の内に、洛陽の都でも唯《ただ》一人という大金持になりました。あの老人の言葉通り、夕日に影を映して見て、その頭に当る所を、夜中にそっと掘って見たら、大きな車にも余る位、黄金が一山出て来たのです。

大金持になった杜子春は、すぐに立派な家《うち》を買って、玄宗《げんそう》皇帝にも負けない位、贅沢《ぜいたく》な暮しをし始めました。蘭陵《らんりょう》の酒を買わせるやら、桂州《けいしゅう》の竜眼肉《りゅうがんにく》をとりよせるやら、日に四度《よたび》色の変る牡丹《ぼたん》を庭に植えさせるやら、白孔雀《しろくじゃく》を何羽も放し飼いにするやら、玉を集めるやら、錦《にしき》を縫わせるやら、香木《こうぼく》の車を造らせるやら、象牙《ぞうげ》の椅子を誂《あつら》えるやら、その贅沢を一々書いていては、いつになってもこの話がおしまいにならない位です。

するとこういう噂《うわさ》を聞いて、今までは路《みち》で行き合っても、挨拶《あいさつ》さえしなかった友だちなどが、朝夕遊びにやって来ました。それも一日毎《ごと》に数が増して、半年ばかり経《た》つ内には、洛陽の都に名を知られた才子や美人が多い中で、杜子春の家へ来ないものは、一人もない位になってしまったのです。杜子春はこの御客たちを相手に、毎日酒盛りを開きました。その酒盛りの又盛《さかん》なことは、中々《なかなか》口には尽されません。極《ごく》かいつまんだだけをお話しても、杜子春が金の杯《さかずき》に西洋から来た葡萄酒《ぶどうしゅ》を汲《く》んで、天竺《てんじく》(四)生れの魔法使が刀を呑《の》んで見せる芸に見とれていると、そのまわりには二十人の女たちが、十人は翡翠《ひすい》の蓮《はす》の花を、十人は瑪瑙《めのう》の牡丹の花を、いずれも髪に飾りながら、笛や琴を節《ふし》面白く奏しているという景色なのです。

しかしいくら大金持でも、御金には際限がありますから、さすがに贅沢家の杜子春も、一年二年と経つ内には、だんだん貧乏になり出しました。そうすると人間は薄情なもので、昨日《きのう》までは毎日来た友だちも、今日は門の前を通ってさえ、挨拶一つして行きません。ましてとうとう三年目の春、又杜子春が以前の通り、一文無しになって見ると、広い洛陽の都の中にも、彼に宿を貸そうという家は、一軒もなくなってしまいました。いや、宿を貸すどころか、今では椀《わん》に一杯の水も、恵んでくれるものはないのです。

そこで彼は或日の夕方、もう一度あの洛陽の西の門の下へ行って、ぼんやり空を眺めながら、途方に暮れて立っていました。するとやはり昔のように、片目眇《すがめ》の老人が、どこからか姿を現して、

「お前は何を考えているのだ」と、声をかけるではありませんか。

杜子春は老人の顔を見ると、恥しそうに下を向いたまま、暫くは返事もしませんでした。が、老人はその日も親切そうに、同じ言葉を繰返しますから、こちらも前と同じように、

「私は今夜寝る所もないので、どうしたものかと考えているのです」と、恐る恐る返事をしました。

「そうか。それは可哀そうだな。ではおれが好《い》いことを一つ教えてやろう。今この夕日の中へ立って、お前の影が地に映ったら、その胸に当る所を、夜中に掘って見るが好い。きっと

車に一ぱいの黄金が埋まっている筈だから」

老人はこう言ったと思うと、今度もまた人ごみの中へ、搔《か》き消すように隠れてしまいました。

杜子春はその翌日から、忽《たちま》ち天下第一の大金持に返りました。と同時に相変らず、仕放題な贅沢をし始めました。庭に咲いている牡丹の花、その中に眠っている白孔雀、それから刀を呑んで見せる、天竺から来た魔法使――すべてが昔の通りなのです。

ですから車に一ぱいあった、あの夥《おびただ》しい黄金も、又三年ばかり経つ内には、すっかりなくなってしまいました。

三

「お前は何を考えているのだ」

片目眇《すがめ》の老人は、三度《ど》杜子春《とししゅん》の前へ来て、同じことを問いかけました。勿論《もちろん》彼はその時も、洛陽の西の門の下に、ほそぼそと霞を破っている三日月の光を眺めながら、ぼんやり佇《たたず》んでいたのです。

「私ですか。私は今夜寝る所もないので、どうしようかと思っているのです」

「そうか。それは可哀そうだな。ではおれが好いことを教えてやろう。今この夕日の中へ立って、お前の影が地に映ったら、その腹に当る所を、夜中に掘って見るが好い。きっと車に一ぱいの――」

老人がここまで言いかけると、杜子春は急に手を挙げて、その言葉を遮《さえぎ》りました。

「いや、お金はもういらないのです」

「金はもういらない？　ははあ、では贅沢をするにはとうとう飽きてしまったと見えるな」

老人は審《いぶか》しそうな眼つきをしながら、じっと杜子春の顔を見つめました。

「何、贅沢に飽きたのじゃありません。人間というものに愛想《あいそ》がつきたのです」

杜子春は不平そうな顔をしながら、突慳貪《つっけんどん》にこう言いました。

「それは面白いな。どうして又人間に愛想が尽きたのだ？」

「人間は皆薄情です。私が大金持になった時には、世辞も追従《ついしょう》もしますけれど、一旦貧乏になって御覧なさい。柔《やさ》しい顔さえもして見せはしません。そんなことを考えると、たといもう一度大金持になったところが、何にもならないような気がするのです」

老人は杜子春の言葉を聞くと、急ににやにや笑い出しました。

「そうか。いや、お前は若い者に似合わず、感心に物のわかる男だ。ではこれからは貧乏をしても、安らかに暮して行くつもりか」

杜子春はちょいとためらいました。が、すぐに思い切った眼を挙げると、訴えるように老人の顔を見ながら、

「それも今の私には出来ません。ですから私はあなたの弟子《でし》になって、仙術《せんじゅつ》の修業をしたい

と思うのです。いいえ、隠してはいけません。あなたは道徳の高い仙人でしょう。仙人でなければ、一夜《ひとよ》の内に私を天下第一の大金持にすることは出来ない筈です。どうか私の先生になって、不思議な仙術を教えて下さい」

老人は眉《まゆ》をひそめたまま、暫くは黙って、何事か考えているようでしたが、やがて又にっこり笑いながら、

「いかにもおれは峨眉山《がびさん》(五)に棲《す》んでいる、鉄冠子《てつかんし》(六)という仙人だ。始めお前の顔を見た時、どこか物わかりが好さそうだったから、二度まで大金持にしてやったのだが、それ程仙人になりたければ、おれの弟子にとり立ててやろう」と、快く願《ねがい》を容れてくれました。

杜子春は喜んだの、喜ばないのではありません。老人の言葉がまだ終らない内に、彼は大地に額をつけて、何度も鉄冠子に御時宜《おじぎ》をしました。

「いや、そう御礼などは言って貰うまい。いくらおれの弟子にしたところが、立派な仙人になれるかなれないかは、お前次第できまることだからな。――が、ともかくもまずおれと一しょに、峨眉山の奥へ来て見るが好《い》い。おお、幸《さいわい》、ここに竹杖《たけづえ》が一本落ちている。では早速これへ乗って、一飛びに空を渡るとしよう」

鉄冠子はそこにあった青竹を一本拾い上げると、口の中《うち》に呪文《じゅもん》を唱えながら、杜子春と一しょにその竹へ、馬にでも乗るように跨《またが》りました。すると不思議ではありませんか。竹杖は忽ち竜のように、勢《いきおい》よく大空へ舞い上って、晴れ渡った春の夕空を峨眉山の方角へ飛んで行

きました。

杜子春は胆《きも》をつぶしながら、恐る恐る下を見下しました。が、下には唯青い山々が夕明《ゆうあか》りの底に見えるばかりで、あの洛陽の都の西の門は、（とうに霞に紛れたのでしょう）どこを探しても見当りません。その内に鉄冠子は、白い鬢《びん》の毛を風に吹かせて、高らかに歌を唱《うた》い出しました。


朝《あした》に北海に遊び、暮《くれ》には蒼梧《そうご》。

袖裏《しゅうり》の青蛇《せいだ》、胆気《たんき》粗《そ》なり。

三たび岳陽に入れども、人識《し》らず。

朗吟して、飛過《ひか》す洞庭湖《どうていこ》。(七)

四

二人を乗せた青竹は、間もなく峨眉山へ舞い下《さが》りました。

そこは深い谷に臨んだ、幅の広い一枚岩の上でしたが、よくよく高い所だと見えて、中空《なかぞら》に垂れた北斗の星が、茶碗《ちゃわん》程の大きさに光っていました。元より人跡《じんせき》の絶えた山ですから、あたりはしんと静まり返って、やっと耳にはいるものは、後《うしろ》の絶壁に生《は》えている、曲りくねった一株の松が、こうこうと夜風に鳴る音だけです。

二人がこの岩の上に来ると、鉄冠子は杜子春を絶壁の下に坐らせて、

「おれはこれから天上へ行って、西王母《せいおうぼ》(八)に御眼にかかって来るから、お前はその間ここに坐って、おれの帰るのを待っているが好《い》い。多分おれがいなくなると、いろいろな魔性《ましょう》が現れて、お前をたぶらかそうとするだろうが、たといどんなことが起ろうとも、決して声を出すのではないぞ。もし一言《ひとこと》でも口を利《き》いたら、お前は到底仙人にはなれないものだと覚悟をしろ。好《い》いか。天地が裂けても、黙っているのだぞ」と言いました。

「大丈夫です。決して声なぞは出しはしません。命がなくなっても、黙っています」

「そうか。それを聞いて、おれも安心した。ではおれは行って来るから」

老人は杜子春に別れを告げると、又あの竹杖に跨って、夜目にも削ったような山々の空へ、一文字に消えてしまいました。

杜子春はたった一人、岩の上に坐ったまま、静《しずか》に星を眺めていました。するとかれこれ半《はん》時《とき》ばかり経って、深山の夜気が肌寒く薄い着物に透《とお》り出した頃、突然空中に声があって、

「そこにいるのは何者だ」と、叱りつけるではありませんか。

しかし杜子春は仙人の教《おしえ》通り、何とも返事をしずにいました。

ところが又暫くすると、やはり同じ声が響いて、

「返事をしないと立ちどころに、命はないものと覚悟しろ」と、いかめしく嚇《おど》しつけるのです。

杜子春は勿論黙っていました。

と、どこから登って来たか、爛々《らんらん》と眼を光らせた虎《とら》が一匹、忽然《こつぜん》と岩の上に躍《おど》り上って、杜子春の姿を睨《にら》みながら、一声高く哮《たけ》りました。のみならずそれと同時に、頭の上の松の枝が、烈《はげ》しくざわざわ揺れたと思うと、後《うしろ》の絶壁の頂からは、四斗樽《しとだる》程の白蛇《はくだ》が一匹、炎のような舌を吐いて、見る見る近くへ下りて来るのです。

杜子春はしかし平然と、眉毛《まゆげ》も動かさずに坐っていました。

虎と蛇とは、一つ餌食《えじき》を狙《ねら》って、互に隙《すき》でも窺《うかが》うのか、暫くは睨合いの体《てい》でしたが、やがてどちらが先ともなく、一時に杜子春に飛びかかりました。が虎の牙《きば》に嚙《か》まれるか、蛇の舌に呑《の》まれるか、杜子春の命は瞬《また》く内に、なくなってしまうと思った時、虎と蛇とは霧の如く、夜風と共に消え失《う》せて、後には唯、絶壁の松が、さっきの通りこうこうと枝を鳴らしているばかりなのです。杜子春はほっと一息しながら、今度はどんなことが起るかと、心待ちに待っていました。

すると一陣の風が吹き起って、墨のような黒雲が一面にあたりをとざすや否や、うす紫の稲妻がやにわに闇を二つに裂いて、凄《すさま》じく雷《らい》が鳴り出しました。いや、雷ばかりではありません。それと一しょに瀑《たき》のような雨も、いきなりどうどうと降り出したのです。杜子春はこの天変の中《なか》に、恐れ気《げ》もなく坐っていました。風の音、雨のしぶき、それから絶え間ない稲妻の光、――暫くはさすがの峨眉山も、覆《くつがえ》るかと思う位でしたが、その内に耳をもつんざく程、大きな雷鳴が轟《とどろ》いたと思うと、空に渦《うず》巻いた黒雲の中から、まっ赤な一本の火柱が、杜子春の頭へ落ちかかりました。

杜子春は思わず耳を抑えて、一枚岩の上へひれ伏しました。が、すぐに眼を開いて見ると、空は以前の通り晴れ渡って、向うに聳《そび》えた山々の上にも、茶碗程の北斗の星が、やはりきらきら輝いています。して見れば今の大あらしも、あの虎や白蛇と同じように、鉄冠子の留守をつけこんだ、魔性の悪戯《いたずら》に違いありません。杜子春は漸《ようや》く安心して、額の冷汗《ひやあせ》を拭《ぬぐ》いながら、又岩の上に坐り直しました。

が、そのため息がまだ消えない内に、今度は彼の坐っている前へ、金の鎧《よろい》を着下《きくだ》した、身の丈《たけ》三丈もあろうという、厳《おごそ》かな神将が現れました。神将は手に三叉《みつまた》の戟《ほこ》を持っていましたが、いきなりその戟の切先《きっさき》を杜子春の胸《むな》もとへ向けながら、眼を嗔《いか》らせて叱りつけるのを聞けば、

「こら、その方は一体何物だ。この峨眉山という山は、天地開闢《かいびゃく》の昔から、おれが住居《すまい》をしている所だぞ。それも憚《はばか》らずたった一人、ここへ足を踏み入れるとは、よもや唯の人間ではあるまい。さあ命が惜しかったら、一刻も早く返答しろ」と言うのです。

しかし杜子春は老人の言葉通り、黙然《もくねん》と口を噤《つぐ》んでいました。

「返事をしないか。——しないな。好し。しなければ、しないで勝手にしろ。その代りおれの眷属《けんぞく》たちが、その方をずたずたに斬《き》ってしまうぞ」

神将は戟を高く挙げて、向うの山の空を招きました。その途端に闇がさっと裂けると、驚

いたことには無数の神兵が、雲の如く空に充満《みちみ》ちて、それが皆槍《やり》や刀をきらめかせながら、今にもここへ一なだれに攻め寄せようとしているのです。

この景色を見た杜子春は、思わずあっと叫びそうにしましたが、すぐに又鉄冠子の言葉を思い出して、一生懸命に黙っていました。神将は彼が恐れないのを見ると、怒《おこ》ったの怒らないのではありません。

「この剛情者め。どうしても返事をしなければ、約束通り命はとってやるぞ」

神将はこう喚《わめ》くが早いか、三叉の戟を閃《ひらめ》かせて、一突きに杜子春を突き殺しました。そうして峨眉山もどよむ程、からからと高く笑いながら、どこともなく消えてしまいました。勿論この時はもう無数の神兵も、吹き渡る夜風の音と一しょに、夢のように消え失せた後だったのです。

北斗の星は又寒そうに、一枚岩の上を照らし始めました。絶壁の松も前に変らず、こうこうと枝を鳴らせています。が、杜子春はとうに息が絶えて、仰《あおむ》向けにそこへ倒れていました。

五

杜子春の体は岩の上へ、仰向けに倒れていましたが、杜子春の魂は、静に体から抜け出して、地獄の底へ下りて行きました。

この世と地獄との間には、闇穴道《あんけつどう》という道があって、そこは年中暗い空に、氷のような冷たい風がぴゅうぴゅう吹き荒《すさ》んでいるのです。杜子春はその風に吹かれながら、暫くは唯木《こ》の葉のように、空を漂って行きましたが、やがて森羅殿《しんらでん》という額《がく》の懸《かか》った立派な御殿の前へ出ました。

御殿の前にいた大勢の鬼は、杜子春の姿を見るや否や、すぐにそのまわりを取り捲《ま》いて、階《きざはし》の前へ引き据えました。階の上には一人の王様が、まっ黒な袍《きもの》に金の冠をかぶって、いかめしくあたりを睨んでいます。これは兼ねて噂《うわさ》に聞いた、閻魔《えんま》大王に違いありません。杜子春はどうなることかと思いながら、恐る恐るそこへ跪《ひざま》ずいていました。

「こら、その方は何の為《ため》に、峨眉山の上へ坐っていた？」

閻魔大王の声は雷《らい》のように、階の上から響きました。杜子春は早速その問に答えようとしましたが、ふと又思い出したのは、「決して口を利《き》くな」という鉄冠子の戒《いまし》めの言葉です。そこで唯頭《かしら》を垂れたまま、唖《おし》のように黙っていました。すると閻魔大王は、持っていた鉄の笏《しゃく》を挙げて、顔中の鬚《ひげ》を逆立てながら、

「その方はここをどこだと思う？　速《すみや》かに返答をすれば好し、さもなければ時を移さず、地獄の呵責《かしゃく》に遇《あ》わせてくれるぞ」と、威丈高《いたけだか》に罵《ののし》りました。

が、杜子春は相変らず唇《くちびる》一つ動かしません。それを見た閻魔大王は、すぐに鬼どもの方を向いて、荒々しく何か言いつけると、鬼どもは一度に畏《かしこま》って、忽《たちま》ち杜子春を引き立てなが

ら、森羅殿の空へ舞い上りました。

地獄には誰でも知っている通り、剣《つるぎ》の山や血の池の外にも、焦熱地獄という焰《ほのお》の谷や極寒《ごくかん》地獄という氷の海が、真暗な空の下に並んでいます。鬼どもはそういう地獄の中へ、代る代る杜子春を抛《ほう》りこみました。ですから杜子春は無残にも、剣に胸を貫かれるやら、焰に顔を焼かれるやら、舌を抜かれるやら、皮を剝《は》がれるやら、鉄の杵《きね》に撞《つ》かれるやら、油の鍋《なべ》に煮られるやら、毒蛇に脳味噌《のうみそ》を吸われるやら、熊鷹《くまたか》に眼を食われるやら、――その苦しみを数え立てていては、到底際限がない位、あらゆる責苦《せめく》に遇《あ》わされたのです。それでも杜子春は我慢強く、じっと歯を食いしばったまま、一言《ひとこと》も口を利きませんでした。

これにはさすがの鬼どもも、呆《あき》れ返ってしまったのでしょう。もう一度夜《よる》のような空を飛んで、森羅殿の前へ帰って来ると、さっきの通り杜子春を階《きざはし》の下に引き据えながら、御殿の上の閻魔大王に、

「この罪人はどうしても、ものを言う気色《けしき》がございません」と、口を揃《そろ》えて言上《ごんじょう》しました。

閻魔大王は眉をひそめて、暫く思案に暮れていましたが、やがて何か思いついたと見えて、

「この男の父母《ちちはは》は、畜生道《ちくしょうどう》に落ちている筈だから、早速ここへ引き立てて来い」と、一匹の鬼に言いつけました。

鬼は忽ち風に乗って、地獄の空へ舞い上りました。と思うと、又星が流れるように、二匹の獣《けもの》を駆り立てながら、さっと森羅殿の前へ下りて来ました。その獣を見た杜子春は、驚い

たの驚かないのではありません。なぜかといえばそれは二匹とも、形は見すぼらしい痩《や》せ馬でしたが、顔は夢にも忘れない、死んだ父母の通りでしたから。

「こら、その方は何のために、峨眉山の上に坐っていたか、まっすぐに白状しなければ、今度はその方の父母に痛い思いをさせてやるぞ」

杜子春はこう嚇《おど》されても、やはり返答をしずにいました。

「この不孝者めが。その方は父母が苦しんでも、その方さえ都合が好ければ、好《い》いと思っているのだな」

閻魔大王は森羅殿も崩《くず》れる程、凄《すさま》じい声で喚《わめ》きました。

「打て。鬼ども。その二匹の畜生を、肉も骨も打ち砕いてしまえ」

鬼どもは一斉に「はっ」と答えながら、鉄の鞭《むち》をとって立ち上ると、四方八方から二匹の馬を、未練未釈《みしやく》なく打ちのめしました。鞭はりゅうりゅうと風を切って、所嫌《きら》わず雨のように、馬の皮肉を打ち破るのです。馬は、——畜生になった父母は、苦しそうに身を悶《もだ》えて、眼には血の涙を浮べたまま、見てもいられない程嘶《いなな》き立てました。

「どうだ。まだその方は白状しないか」

閻魔大王は鬼どもに、暫く鞭の手をやめさせて、もう一度杜子春の答を促しました。もうその時には二匹の馬も、肉は裂け骨は砕けて、息も絶え絶えに階《きざはし》の前へ、倒れ伏していたのです。

杜子春は必死になって、鉄冠子の言葉を思い出しながら、緊《かた》く眼をつぶっていました。するとその時彼の耳には、殆《ほとんど》声とはいえない位、かすかな声が伝わって来ました。

「心配をおしでない。私たちはどうなっても、お前さえ仕合せになれるのなら、それより結構なことはないのだからね。大王が何と仰《おっしゃ》っても、言いたくないことは黙って御出《おい》で」

それは確《たしか》に懐しい、母親の声に違いありません。杜子春は思わず、眼をあきました。そうして馬の一匹が、力なく地上に倒れたまま、悲しそうに彼の顔へ、じっと眼をやっているのを見ました。母親はこんな苦しみの中にも、息子の心を思いやって、鬼どもの鞭に打たれたことを、怨《うら》む気色《けしき》さえも見せないのです。大金持になれば御世辞を言い、貧乏人になれば口も利かない世間の人たちに比べると、何という有難い志でしょう。何という健気《けなげ》な決心でしょう。杜子春は老人の戒めも忘れて、転《まろ》ぶようにその側へ走りよると、両手に半死の馬の頸《くび》を抱いて、はらはらと涙を落しながら、「お母《つか》さん」と一声を叫びました。…………

六

その声に気がついて見ると、杜子春はやはり夕日を浴びて、洛陽の西の門の下に、ぼんやり佇《たたず》んでいるのでした。霞んだ空、白い三日月、絶え間ない人や車の波、――すべてがまだ峨眉山へ、行かない前と同じことです。

「どうだな。おれの弟子になったところが、とても仙人にはなれはすまい」

片目眇《すがめ》の老人は微笑を含みながら言いました。

「なれません。なれませんが、しかし私《わたし》はなれなかったことも、反《かえ》って嬉しい気がするのです」

杜子春はまだ眼に涙を浮べたまま、思わず老人の手を握りました。

「いくら仙人になれたところが、私はあの地獄の森羅殿の前に、鞭を受けている父母を見ては、黙っている訳には行きません」

「もしお前が黙っていたら――」と鉄冠子は急に厳《おごそか》な顔になって、じっと杜子春を見つめました。

「もしお前が黙っていたら、おれは即座にお前の命を絶ってしまおうと思っていたのだ。――お前はもう仙人になりたいという望《のぞみ》も持っていまい。大金持になることは、元より愛想がつきた筈《はず》だ。ではお前はこれから後、何になったら好《い》いと思うな」

「何になっても、人間らしい、正直な暮しをするつもりです」

杜子春の声には今までにない晴れ晴れした調子が罩《こも》っていました。

「その言葉を忘れるなよ。ではおれは今日限り、二度とお前には遇《あ》わないから」

鉄冠子はこう言う内に、もう歩き出していましたが、急に又足を止めて、杜子春の方を振り返ると、

「おお、幸《さいわい》、今思い出したが、おれは泰山《たいざん》(九)の南の麓《ふもと》に一軒の家を持っている。その家を畑ご

とお前にやるから、早速行って住まうが好い。今頃は丁度家のまわりに、桃の花が一面に咲いているだろう」と、さも愉快そうにつけ加えました。

アグニの神

一

支那《シナ》の上海《シャンハイ》の或《ある》町です。昼でも薄暗い或家の二階に、人相の悪い印度《インド》人の婆さんが一人、商人らしい一人の亜米利加《アメリカ》人と何か頻《しき》りに話し合っていました。

「実は今度もお婆さんに、占いを頼みに来たのだがね、——」

亜米利加人はそう言いながら、新しい巻煙草《まきたばこ》へ火をつけました。

「占いですか？　占いは当分見ないことにしましたよ」

婆さんは嘲《あざけ》るように、じろりと相手の顔を見ました。

「この頃は折角見て上げても、御礼さえ碌《ろく》にしない人が、多くなって来ましたからね」

「そりゃ勿論《もちろん》御礼をするよ」

亜米利加人は惜しげもなく、三百弗《ドル》の小切手を一枚、婆さんの前へ投げてやりました。

「差当りこれだけ取って置くさ。もしお婆さんの占いが当れば、その時は別に御礼をするから、——」

婆さんは三百弗の小切手を見ると、急に愛想《あいそ》がよくなりました。

「こんなに沢山頂いては、反《かえ》って御気の毒ですね。——そうして一体又あなたは、何を占ってくれろとおっしゃるんです？」

「私《わたし》が見て貰《もら》いたいのは、――」

亜米利加人は煙草を啣《くわ》えたなり、狡猾《こうかつ》そうな微笑を浮べました。

「一体日米戦争はいつあるかということなんだ。それさえちゃんとわかっていれば、我々商人は忽《たちま》ちの内に、大金儲《おおがねもう》けが出来るからね」

「じゃ明日《あした》いらっしゃい。それまでに占って置いて上げますから」

「そうか。じゃ間違いのないように、――」

印度人の婆さんは、得意そうに胸を反《そ》らせました。

「私の占いは五十年来、一度も外《はず》れたことはないのですよ。何しろ私のはアグニの神（一〇）が、御自身御告げをなさるのですからね」

亜米利加人が帰ってしまうと、婆さんは次の間《ま》の戸口へ行って、

「恵蓮《えれん》。恵蓮」と呼び立てました。

その声に応じて出て来たのは、美しい支那人の女の子です。が、何か苦労でもあるのか、この女の子の下《しも》ぶくれの頬《ほお》は、まるで蠟《ろう》のような色をしていました。

「何を愚図々々《ぐずぐず》しているんだえ？　ほんとうにお前位、ずうずうしい女はありゃしないよ。きっと又台所で居睡《いねむ》りか何かしていたんだろう？」

恵蓮はいくら叱《しか》られても、じっと俯向《うつむ》いたまま黙っていました。

「よくお聞きよ。今夜は久しぶりにアグニの神へ、御伺いを立てるんだからね、そのつもり

でいるんだよ」

女の子はまっ黒な婆さんの顔へ、悲しそうな眼を挙《あ》げました。

「今夜ですか？」

「今夜の十二時。好《い》いかえ？　忘れちゃいけないよ」

印度人の婆さんは、脅《おど》すように指を挙げました。

「又お前がこの間のように、私に世話ばかり焼かせると、今度こそお前の命はないよ。お前なんぞは殺そうと思えば、雛《ひよ》っ仔《こ》の頸《くび》を絞めるより――」

こう言いかけた婆さんは、急に顔をしかめました。ふと相手に気がついて見ると、恵蓮はいつか窓際《まどぎわ》に行って、丁度明いていた硝子《ガラス》窓から、寂しい往来を眺《なが》めているのです。

「何を見ているんだえ？」

恵蓮は愈《いよいよ》色を失って、もう一度婆さんの顔を見上げました。

「よし、よし、そう私を莫迦《ばか》にするんなら、まだお前は痛い目に会い足りないんだろう」

婆さんは眼を怒《いか》らせながら、そこにあった箒《ほうき》をふり上げました。

丁度その途端です。誰か外へ来たと見えて、戸を叩《たた》く音が、突然荒々しく聞え始めました。

二

その日のかれこれ同じ時刻に、この家の外を通りかかった、年の若い一人の日本人があります。それがどう思ったのか、二階の窓から顔を出した支那人の女の子を一目見ると、しばらくは呆気《あっけ》にとられたように、ぼんやり立ちすくんでしまいました。

そこへ又通りかかったのは、年をとった支那人の人力車夫です。

「おい。おい。あの二階に誰が住んでいるか、お前は知っていないかね？」

日本人はその人力車夫へ、いきなりこう問いかけました。支那人は梶棒《かじぼう》を握ったまま、高い二階を見上げましたが、「あすこですか？　あすこには、何とかいう印度人の婆さんが住んでいます」と、気味悪そうに返事をすると、匆々《そうそう》行きそうにするのです。

「まあ、待ってくれ。そうしてその婆さんは、何を商売にしているんだ？」

「占い者《しゃ》です。が、この近所の噂《うわさ》じゃ、何でも魔法さえ使うそうです。まあ、命が大事だったら、あの婆さんの所なぞへは行かない方が好《よ》いようですよ」

支那人の車夫が行ってしまってから、日本人は腕を組んで、何か考えているようでしたが、やがて決心でもついたのか、さっさとその家の中へはいって行きました。すると突然聞えて来たのは、婆さんの罵《ののし》る声に交った、支那人の女の子の泣き声です。日本人はその声を聞くが早いか、一股《ひとまた》に二三段ずつ、薄暗い梯子《はしご》を駈《か》け上りました。そうして婆さんの部屋の戸を力一ぱい叩き出しました。

戸は直ぐに開きました。が、日本人が中へはいって見ると、そこには印度人の婆さんがたった一人立っているばかり、もう支那人の女の子は、次の間へでも隠れたのか、影も形も見当りません。

「何か御用ですか？」

婆さんはさも疑わしそうに、じろじろ相手の顔を見ました。

「お前さんは占い者だろう？」

日本人は腕を組んだまま、婆さんの顔を睨《にら》み返しました。

「そうです」

「じゃ私の用なぞは、聞かなくてもわかっているじゃないか？　私も一つお前さんの占いを見て貰いにやって来たんだ」

「何を見て上げるんですえ？」

婆さんは益《ますます》疑わしそうに、日本人の容子《ようす》を窺《うかが》っていました。

「私の主人の御嬢さんが、去年の春行方《ゆくえ》知れずになった。それを一つ見て貰いたいんだが、――」

日本人は一句一句、力を入れて言うのです。

「私の主人は香港《ホンコン》の日本領事だ。御嬢さんの名は妙子《たえこ》さんとおっしゃる。私は遠藤という書生だが――どうだね？　その御嬢さんはどこにいらっしゃる」

遠藤はこう言いながら、上衣《うわぎ》の隠しに手を入れると、一挺《ちょう》のピストルを引き出しました。

「この近所にいらっしゃりはしないか？　香港の警察署の調べたところじゃ、御嬢さんを攫《さら》ったのは、印度人らしいということだったが、——隠し立てをすると為《ため》にならんぞ」

しかし印度人の婆さんは、少しも怖《こわ》がる気色《けしき》が見えません。見えないどころか脣《くちびる》には、反って人を莫迦にしたような微笑さえ浮べているのです。

「お前さんは何を言うんだえ？ 私はそんな御嬢さんなんぞは、顔を見たこともありゃしないよ」

「嘘《うそ》をつけ。今その窓から外を見ていたのは、確《たしか》に御嬢さんの妙子さんだ」

遠藤は片手にピストルを握ったまま、片手に次の間の戸口を指さしました。

「それでもまだ剛情を張るんなら、あすこにいる支那人をつれて来い」

「あれは私の貰い子だよ」

婆さんはやはり嘲るように、にやにや独《ひと》り笑っているのです。

「貰い子か貰い子でないか、一目見りゃわかることだ。貴様がつれて来なければ、おれがあすこへ行って見る」

遠藤が次の間へ踏みこもうとすると、咄嗟《とっさ》に印度人の婆さんは、その戸口に立ち塞《ふさ》がりました。

「ここは私の家《うち》だよ。見ず知らずのお前さんなんぞに、奥へはいられてたまるものか」

「退《ど》け。退かないと射殺《うちころ》すぞ」

遠藤はピストルを挙げました。いや、挙げようとしたのです。が、その拍子に婆さんが、鴉《からす》の啼《な》くような声を立てたかと思うと、まるで電気に打たれたように、ピストルは手から落ちてしまいました。これには勇み立った遠藤も、さすがに胆《きも》をひしがれたのでしょう、ちょいとの間は不思議そうに、あたりを見廻していましたが、忽ち又勇気をとり直すと、「魔法使め」と罵《ののし》りながら、虎《とら》のように婆さんへ飛びかかりました。

が、婆さんもさるものです。ひらりと身を躱《かわ》すが早いか、そこにあった箒《ほうき》をとって、又掴《つか》みかかろうとする遠藤の顔へ、床《ゆか》の上の五味《ごみ》を掃きかけました。すると、その五味が皆火花になって、眼といわず、口といわず、ばらばらと遠藤の顔へ焼きつくのです。

遠藤はとうとうたまり兼ねて、火花の旋風《つむじかぜ》に追われながら、転《ころ》げるように外へ逃げ出しました。

三

その夜《よ》の十二時に近い時分、遠藤は独り婆さんの家の前にたたずみながら、二階の硝子窓に映る火影《ほかげ》を口惜《くや》しそうに見つめていました。

「折角御嬢さんの在《あ》りかをつきとめながら、とり戻すことが出来ないのは残念だな。一そ警察へ訴えようか？　いや、いや、支那の警察が手ぬるいことは、香港でもう懲り懲りしている。万一今度も逃げられたら、又探すのが一苦労だ。といってあの魔法使には、ピストルさえ役に立たないし、――」

遠藤がそんなことを考えていると、突然高い二階の窓から、ひらひら落ちて来た紙切れがあります。

「おや、紙切れが落ちて来たが、――もしや御嬢さんの手紙じゃないか？」

こう呟《つぶや》いた遠藤は、その紙切れを、拾い上げながらそっと隠した懐中電燈を出して、まん円《まる》な光に照らして見ました。すると果して紙切れの上には、妙子が書いたのに違いない、消えそうな鉛筆の跡があります。

「遠藤サン。コノ家《うち》ノオ婆サンハ、恐シイ魔法使デス。時々真夜中ニ私《わたくし》ノ体へ、『アグニ』トイウ印度ノ神ヲ乗リ移ラセマス。私ハソノ神ガ乗リ移ッテイル間中、死ンダヨウニナッテイルノデス。デスカラドンナ事ガ起ルカ知リマセンガ、何デモオ婆サンノ話デハ、『アグニ』ノ神ガ私ノ口ヲ借リテ、イロイロ予言ヲスルノダソウデス。今夜モ十二時ニハオ婆サンガ又『アグニ』ノ神ヲ乗リ移ラセマス。イツモダト私ハ知ラズ知ラズ、気ガ遠クナッテシマウノデスガ、今夜ハソウナラナイ内ニ、ワザト魔法ニカカッタ真似《まね》ヲシマス。ソウシテ私ヲオ父様ノ所へ返サナイト『アグニ』ノ神ガオ婆サンノ命ヲトルト言ッテヤリマス。オ婆サンハ何ヨリモ『アグニ』ノ神ガ怖《こわ》イノデスカラ、ソレヲ聞ケバキット私ヲ返スダロウト思イマス。ドウカ明日《あした》ノ朝モウ一度、オ婆サンノ所へ来テ下サイ。コノ計略ノ外《ほか》ニハオ婆サンノ手カラ、逃ゲ出スミチハアリマセン。サヨウナラ」

遠藤は手紙を読み終ると、懐中時計を出して見ました。時計は十二時五分前です。

「もうそろそろ時刻になるな、相手はあんな魔法使だし、御嬢さんはまだ子供だから、余程運が好くないと、――」

遠藤の言葉が終らない内に、もう魔法が始まるのでしょう。今まで明るかった二階の窓は、急にまっ暗になってしまいました。と同時に不思議な香《こう》の匂《におい》が、町の敷石にも滲《し》みる程、どこからか静《しず》かに漂って来ました。

四

その時あの印度人の婆さんは、ランプを消した二階の部屋の机に、魔法の書物を拡《ひろ》げながら、頻《しきり》に呪文《じゅもん》を唱えていました。書物は香炉の火の光に、暗い中でも文字だけは、ぼんやり浮き上らせているのです。

婆さんの前には心配そうな恵蓮が、――いや、支那服を着せられた妙子が、じっと椅子に坐っていました。さっき窓から落した手紙は、無事に遠藤さんの手へはいったであろうか？あの時往来にいた人影は、確に遠藤さんだと思ったが、もしや人違いではなかったであろうか？――そう思うと妙子は、いても立ってもいられないような気がして来ます。しかし今うっかりそんな気《け》ぶりが、婆さんの眼にでも止まったが最後、この恐しい魔法使いの家から、逃げ出そうという計略は、すぐに見破られてしまうでしょう。ですから妙子は一生懸命に、震える両手を組み合せながら、かねてたくんで置いた通り、アグニの神が乗り移ったように、見せかける時の近づくのを今か今かと待っていました。

婆さんは呪文を唱えてしまうと、今度は妙子をめぐりながら、いろいろな手ぶりをし始めました。或時は前へ立ったまま、両手を左右に挙げて見せたり、又或時は後へ来て、まるで眼かくしでもするように、そっと妙子の額の上へ手をかざしたりするのです。もしこの時部屋の外から、誰か婆さんの容子を見ていたとすれば、それはきっと大きな蝙蝠《こうもり》か何かが、蒼《あお》白《じろ》い香炉の火の光の中に、飛びまわってでもいるように見えたでしょう。

その内に妙子はいつものように、だんだん睡気《ねむけ》がきざして来ました。が、ここで睡ってしまっては、折角の計略にかけることも、出来なくなってしまう道理です。そうしてこれが出来なければ、勿論二度とお父さんの所へも、帰れなくなるのに違いありません。

「日本の神々様、どうか私《わたし》が睡らないように、御守りなすって下さいまし。その代り私はもう一度、たとい一目でもお父さんの御顔を見ることが出来たなら、すぐに死んでもよろしゅうございます。日本の神々様、どうかお婆さんを欺《だま》せるように、御力を御貸し下さいまし」

妙子は何度も心の中に、熱心に祈りを続けました。しかし睡気はおいおいと、強くなって来るばかりです。と同時に妙子の耳には、丁度銅鑼《どら》でも鳴らすような、得体の知れない音楽の声が、かすかに伝わり始めました。これはいつでもアグニの神が、空から降りて来る時に、きっと聞える声なのです。

もうこうなってはいくら我慢しても、睡らずにいることは出来ません。現に目の前の香炉の火や、印度人の婆さんの姿でさえ、気味の悪い夢が薄れるように、見る見る消え失《う》せてしまうのです。

「アグニの神、アグニの神、どうか私《わたし》の申すことを御聞き入れ下さいまし」

やがてあの魔法使いが、床の上にひれ伏したまま、嗄《しわが》れた声を挙げた時には、妙子は椅子に坐りながら、殆《ほとん》ど生死も知らないように、いつかもうぐっすり寝入っていました。

五

妙子は勿論婆さんも、この魔法を使う所は、誰の眼にも触れないと、思っていたのに違いありません。しかし実際は部屋の外に、もう一人戸の鍵穴《かぎあな》から、覗《のぞ》いている男があったのです。それは一体誰でしょうか？——言うまでもなく、書生の遠藤です。

遠藤は妙子の手紙を見てから、一時は往来に立ったなり、夜明けを待とうかとも思いました。が、お嬢さんの身の上を思うと、どうしてもじっとしてはいられません。そこでとうとう盗人《ぬすびと》のように、そっと家の中へ忍びこむと、早速この二階の戸口へ来て、さっきから透き見をしていたのです。

しかし透き見をすると言っても、何しろ鍵穴を覗くのですから、蒼白い香炉の火の光を浴びた、死人のような妙子の顔が、やっと正面に見えるだけです。その外《ほか》は机も、魔法の書物も、床にひれ伏した婆さんの姿も、まるで遠藤の眼にははいりません。しかし嗄《しわが》れた婆さんの声は、手にとるようにはっきり聞えました。

「アグニの神、アグニの神、どうか私の申すことを御聞き入れ下さいまし」

婆さんがこう言ったと思うと、息もしないように坐っていた妙子は、やはり眼をつぶったまま、突然口を利《き》き始めました。しかもその声がどうしても、妙子のような少女とは思われない、荒々しい男の声なのです。

「いや、おれはお前の願いなぞは聞かない。お前はおれの言いつけに背《そむ》いて、いつも悪事ばかり働いて来た。おれはもう今夜限り、お前を見捨てようと思っている。いや、その上に悪事の罰を下してやろうと思っている」

婆さんは呆気《あっけ》にとられたのでしょう。暫くは何とも答えずに、喘《あえ》ぐような声ばかり立てていました。が、妙子は婆さんに頓着《とんじゃく》せず、おごそかに話し続けるのです。

「お前は憐《あわ》れな父親の手から、この女の子を盗んで来た。もし命が惜しかったら、明日《あす》とも言わず今夜の内に、早速この女の子を返すが好《よ》い」

遠藤は鍵穴に眼を当てたまま、婆さんの答を待っていました。すると婆さんは驚きでもするかと思いの外《ほか》、憎々しい笑い声を洩《も》らしながら、急に妙子の前へ突っ立ちました。

「人を莫迦《ばか》にするのも、好《い》い加減におし。お前は私を何だと思っているのだえ。私はまだお前に欺される程、耄碌《もうろく》はしていない心算《つもり》だよ。早速お前を父親へ返せ——警察の御役人じゃあるまいし、アグニの神がそんなことを御言いつけになってたまるものか」

婆さんはどこからとり出したか、眼をつぶった妙子の顔の先へ、一挺のナイフを突きつけました。

「さあ、正直に白状おし。お前は勿体《もったい》なくもアグニの神の、声色《こわいろ》を使っているのだろう」

さっきから容子を窺っていても、妙子が実際睡っていることは、勿論遠藤にはわかりません。ですから遠藤はこれを見ると、さては計略が露顕したかと思わず胸を躍《おど》らせました。が、妙子は相変らず目蓋《まぶた》一つ動かさず、嘲笑《あざわら》うように答えるのです。

「お前も死に時が近づいたな。おれの声がお前には人間の声に聞えるのか。おれの声は低くとも、天上に燃える炎の声だ。それがお前にはわからないのか。わからなければ、勝手にするが好《い》い。おれは唯《ただ》お前に尋ねるのだ。すぐにこの女の子を送り返すか、それともおれの言いつけに背くか——」

婆さんはちょいとためらったようです。が、忽ち勇気をとり直すと、片手にナイフを握りながら、片手に妙子の襟髪《えりがみ》を掴《つか》んで、ずるずる手もとへ引き寄せました。

「この阿魔《あま》め。まだ剛情を張る気だな。よし、よし、それなら約束通り、一思いに命をとってやるぞ」

婆さんはナイフを振り上げました。もう一分間遅れても、妙子の命はなくなります。遠藤は咄嗟《とっさ》に身を起すと、錠のかかった入口の戸を無理無体に明けようとしました。が、戸は容易に破れません。いくら押しても、叩いても、手の皮が摺《す》り剝《む》けるばかりです。

六

その内に部屋の中からは、誰かのわっと叫ぶ声が、突然暗やみに響きました。それから人が床の上へ、倒れる音も聞えたようです。遠藤は殆ど気違いのように、妙子の名前を呼びかけながら、全身の力を肩に集めて、何度も入口の戸へぶつかりました。

板の裂ける音、錠のはね飛ぶ音、——戸はとうとう破れました。しかし肝腎《かんじん》の部屋の中は、まだ香炉に蒼白い火がめらめら燃えているばかり、人気《ひとけ》のないようにしんとしています。

遠藤はその光を便りに、怯《お》ず怯ずあたりを見廻しました。

するとすぐに眼にはいったのは、やはりじっと椅子にかけた、死人のような妙子です。それが何故《なぜ》か遠藤には、頭《かしら》に毫光《ごこう》でもかかっているように、厳《おごそ》かな感じを起させました。

「御嬢さん、御嬢さん」

遠藤は椅子へ行くと、妙子の耳もとへ口をつけて、一生懸命に叫び立てました。が、妙子は眼をつぶったなり、何とも口を開きません。

「御嬢さん。しっかりおしなさい。遠藤です」

妙子はやっと夢がさめたように、かすかな眼を開きました。

「遠藤さん？」

「そうです。遠藤です。もう大丈夫ですから、御安心なさい。さあ、早く逃げましょう」

妙子はまだ夢現《ゆめうつつ》のように、弱々しい声を出しました。

「計略は駄目だったわ。つい私が眠ってしまったものだから、――堪忍《かんにん》して頂戴よ」

「計略が露顕したのは、あなたのせいじゃありませんよ。あなたは私と約束した通り、アグニの神の憑《かか》った真似《まね》をやり了《おお》せたじゃありませんか？――そんなことはどうでも好《い》いことです。さあ、早く御逃げなさい」

遠藤はもどかしそうに、椅子から妙子を抱き起しました。

「あら、嘘《うそ》。私は眠ってしまったのですもの。どんなことを言ったか、知りはしないわ」

妙子は遠藤の胸に凭《もた》れながら、呟《つぶや》くようにこう言いました。

「計略は駄目だったわ。とても私は逃げられなくってよ」

「そんなことがあるものですか。私と一しょにいらっしゃい。今度しくじったら大変です」

「だってお婆さんがいるでしょう？」

「お婆さん？」

遠藤はもう一度、部屋の中を見廻しました。机の上にはさっきの通り、魔法の書物が開いてある、――その下へ仰向《あおむ》きに倒れているのは、あの印度人の婆さんです。婆さんは意外にも自分の胸へ、自分のナイフを突き立てたまま、血だまりの中に死んでいました。

「お婆さんはどうして？」

「死んでいます」

妙子は遠藤を見上げながら、美しい眉をひそめました。

「私、ちっとも知らなかったわ。お婆さんは遠藤さんが――あなたが殺してしまったの？」

遠藤は婆さんの屍骸《しがい》から、妙子の顔へ眼をやりました。今夜の計略が失敗したことが、――しかしその為に婆さんも死ねば、妙子も無事に取り返せたことが、――運命の力の不思議なことが、やっと遠藤にもわかったのは、この瞬間だったのです。

「私が殺したのじゃありません。あの婆さんを殺したのは今夜ここへ来たアグニの神です」

遠藤は妙子を抱《かか》えたまま、おごそかにこう囁《ささや》きました。

トロッコ

小田原熱海《あたみ》間に、軽便鉄道敷設《ふせつ》の工事が始まったのは、良平《りょうへい》の八つの年だった。良平は毎日村外《はず》れへ、その工事を見物に行った。工事を――といったところが、唯《ただ》トロッコで土を運搬する――それが面白さに見に行ったのである。

トロッコの上には土工が二人、土を積んだ後《うしろ》に佇《たたず》んでいる。トロッコは山を下《くだ》るのだから、人手を借りずに走って来る。煽《あお》るように車台が動いたり、土工の袢天《はんてん》の裾《すそ》がひらついたり、細い線路がしなったり――良平はそんなけしきを眺《なが》めながら、土工になりたいと思う事がある。せめては一度でも土工と一しょに、トロッコへ乗りたいと思う事もある。トロッコは村外れの平地へ来ると、自然と其処《そこ》に止まってしまう。と同時に土工たちは、身軽にトロッコを飛び降りるが早いか、その線路の終点へ車の土をぶちまける。それから今度はトロッコを押し押し、もと来た山の方へ登り始める。良平はその時乗れないまでも、押す事さえ出来たらと思うのである。

或《ある》夕方、――それは二月の初旬だった。良平は二《ふた》つ下の弟や、弟と同じ年の隣の子供と、トロッコの置いてある村外れへ行った。トロッコは泥だらけになったまま、薄明るい中に並んでいる。が、その外《ほか》は何処《どこ》を見ても、土工たちの姿は見えなかった。三人の子供は恐る恐る、一番端《はし》にあるトロッコを押した。トロッコは三人の力が揃《そろ》うと、突然ごろりと車輪をまわした。良平はこの音にひやりとした。しかし二度目の車輪の音は、もう彼を驚かさなかった。ごろり、ごろり、——トロッコはそう云う音と共に、三人の手に押されながら、そろそろ線路を登って行った。

　その内にかれこれ十間《けん》程来ると、線路の勾配《こうばい》が急になり出した。トロッコも三人の力では、いくら押しても動かなくなった。どうかすれば車と一しょに、押し戻されそうにもなる事がある。良平はもう好《よ》いと思ったから、年下の二人に合図をした。

「さあ、乗ろう！」

　彼等は一度に手をはなすと、トロッコの上へ飛び乗った。トロッコは最初徐《おもむ》ろに、それから見る見る勢《いきお》いよく、一息に線路を下《くだ》り出した。その途端につき当りの風景は、忽《たちま》ち両側へ分かれるように、ずんずん目の前へ展開して来る。顔に当る薄暮《はくぼ》の風、足の下に躍《おど》るトロッコの動揺、——良平は殆《ほとん》ど有頂天《うちょうてん》になった。

　しかしトロッコは二三分の後《のち》、もうもとの終点に止まっていた。

「さあ、もう一度押すじゃあ」

　良平は年下の二人と一しょに、又トロッコを押し上げにかかった。が、まだ車輪も動かない内に、突然彼等の後《うしろ》には、誰かの足音が聞え出した。のみならずそれは聞え出したと思うと、急にこう云う怒鳴り声に変った。

「この野郎！　誰に断《ことわ》ってトロに触《さわ》った？」

其処には古い印袢天《しるしばんてん》に、季節外れの麦藁帽《むぎわらぼう》をかぶった、背の高い土工が佇んでいる。――そう云う姿が目にはいった時、良平は年下の二人と一しょに、もう五六間逃げ出していた。――それぎり良平は使の帰りに、人気のない工事場のトロッコを見ても、二度と乗って見ようと思った事はない。唯その時の土工の姿は、今でも良平の頭の何処かに、はっきりした記憶を残している。薄明りの中に仄《ほの》めいた、小さい黄色の麦藁帽、――しかしその記憶さえも、年毎《としごと》に色彩は薄れるらしい。

その後《のち》十日余りたってから、良平は又たった一人、午過《ひるす》ぎの工事場に佇みながら、トロッコの来るのを眺めていた。すると土を積んだトロッコの外《ほか》に、枕木《まくらぎ》を積んだトロッコが一輛《りょう》、これは本線になる筈《はず》の、太い線路を登って来た。このトロッコを押しているのは、二人とも若い男だった。良平は彼等を見た時から、何だか親しみ易《やす》いような気がした。「この人たちならば叱《しか》られない」――彼はそう思いながら、トロッコの側《そば》へ駈《か》けて行った。

「おじさん。押してやろうか？」

その中の一人、――縞《しま》のシャツを着ている男は、俯向《うつむ》きにトロッコを押したまま、思った通り快い返事をした。

「おお、押してくよう」

良平は二人の間にはいると、力一杯押し始めた。

「われは中中《なかなか》力があるな」

他《た》の一人、——耳に巻煙草《まきたばこ》を挟《はさ》んだ男も、こう良平を褒《ほ》めてくれた。

その内に線路の勾配は、だんだん楽になり始めた。「もう押さなくとも好《よ》い」——良平は今にも云われるかと内心気がかりでならなかった。が、若い二人の土工は、前よりも腰を起したぎり、黙黙と車を押し続けていた。良平はとうとうこらえ切れずに、怯《お》ず怯《お》ずこんな事を尋ねて見た。

「何時《いつ》までも押していて好《い》い？」

「好いとも」

二人は同時に返事をした。良平は「優しい人たちだ」と思った。

五六町余り押し続けたら、線路はもう一度急勾配になった。其処には両側の蜜柑畑《みかんばたけ》に、黄色い実がいくつも日を受けている。

「登り路《みち》の方が好い、何時《いつ》までも押させてくれるから」——良平はそんな事を考えながら、全身でトロッコを押すようにした。

蜜柑畑の間を登りつめると、急に線路は下《くだ》りになった。縞のシャツを着ている男は、良平に「やい、乗れ」と云った。良平は直《すぐ》に飛び乗った。トロッコは三人が乗り移ると同時に、蜜柑畑の匂《におい》を煽《あお》りながら、ひた辷《すべ》りに線路を走り出した。「押すよりも乗る方がずっと好い」——良平は羽織に風を孕《はら》ませながら、当り前の事を考えた。「行きに押す所が多ければ、帰りに又乗る所が多い」——そうもまた考えたりした。

竹藪《たけやぶ》のある所へ来ると、トロッコは静かに走るのを止《や》めた。三人は又前のように、重いトロッコを押し始めた。竹藪は何時か雑木林になった。爪先上《つまさき》りの所所《ところどころ》には、赤錆《あかさび》の線路も見えない程、落葉のたまっている場所もあった。その路をやっと登り切ったら、今度は高い崖《がけ》の向うに、広広と薄ら寒い海が開けた。と同時に良平の頭には、余り遠く来過ぎた事が、急にはっきりと感じられた。

三人は又トロッコへ乗った。車は海を右にしながら、雑木の枝の下を走って行った。しかし良平はさっきのように、面白い気もちにはなれなかった。「もう帰ってくれれば好《い》い」——彼はそうも念じて見た。が、行く所まで行きつかなければ、トロッコも彼等も帰れない事は、勿論《もちろん》彼にもわかり切っていた。

その次に車の止まったのは、切崩《きりくず》した山を背負っている、藁屋根の茶店の前だった。二人の土工はその店へはいると、乳呑児《ちのみご》をおぶった上《かみ》さんを相手に、悠悠《ゆうゆう》と茶などを飲み始めた。良平は独《ひと》りいらいらしながら、トロッコのまわりをまわって見た。トロッコには頑丈《がんじょう》な車台の板に、跳《は》ねかえった泥が乾《かわ》いていた。

少時《しばらく》の後《のち》茶店を出て来しなに、巻煙草を耳に挟《はさ》んだ男は、(その時はもう挟んでいなかったが)トロッコの側にいる良平に新聞紙に包んだ駄菓子をくれた。良平は冷淡に「難有《ありがと》う」と云った。が、直《すぐ》に冷淡にしては、相手にすまないと思い直した。彼はその冷淡さを取り繕うように、包み菓子の一つを口へ入れた。菓子には新聞紙にあったらしい、石油の匂がしみついていた。

三人はトロッコを押しながら緩《ゆる》い傾斜を登って行った。良平は車に手をかけていても、心は外《ほか》の事を考えていた。

その坂を向うへ下《お》り切ると、又同じような茶店があった。土工たちがその中へはいった後《あと》、良平はトロッコに腰をかけながら、帰る事ばかり気にしていた。茶店の前には花のさいた梅に、西日の光が消えかかっている。「もう日が暮れる」――彼はそう考えると、ぼんやり腰かけてもいられなかった。トロッコの車輪を蹴《け》って見たり、一人では動かないのを承知しながらうんうんそれを押して見たり、――そんな事に気もちを紛らせていた。

ところが土工たちは出て来ると、車の上の枕木《まくらぎ》に手をかけながら、無造作《むぞうさ》に彼にこう云った。

「われはもう帰んな。おれたちは今日は向う泊りだから」

「あんまり帰りが遅くなるとわれの家《うち》でも心配するずら」

良平は一瞬間呆気《あっけ》にとられた。もうかれこれ暗くなる事、去年の暮母と岩村まで来たが、今日の途《みち》はその三四倍ある事、それを今からたった一人、歩いて帰らなければならない事、――そう云う事が一時にわかったのである。良平は殆《ほとん》ど泣きそうになった。が、泣いても仕方がないと思った。泣いている場合ではないとも思った。彼は若い二人の土工に、取って附けたような御時宜《おじぎ》をすると、どんどん線路伝いに走り出した。

良平は少時《しばらく》無我夢中に線路の側を走り続けた。その内に懐《ふところ》の菓子包みが、邪魔になる事に気がついたから、それを路側《みちばた》へ抛《ほう》り出す次手《ついで》に、板草履《いたぞうり》も其処へ脱ぎ捨ててしまった。すると薄い足袋《たび》の裏へじかに小石が食いこんだが、足だけは遙《はる》かに軽くなった。彼は左に海を感じながら、急な坂路《さかみち》を駈《か》け登った。時時涙がこみ上げて来ると、自然に顔が歪《ゆが》んで来る。――それは無理に我慢しても、鼻だけは絶えずくうくう鳴った。

竹藪の側を駈け抜けると、夕焼けのした日金山《ひがねやま》の空も、もう火照《ほて》りが消えかかっていた。良平は、愈《いよいよ》気が気でなかった。往《ゆ》きと返《かえ》りと変るせいか、景色の違うのも不安だった。すると今度は着物までも、汗の濡《ぬ》れ通ったのが気になったから、やはり必死に駈け続けたなり、羽織を路側《みちばた》へ脱いで捨てた。

蜜柑畑へ来る頃には、あたりは暗くなる一方だった。「命さえ助かれば――」良平はそう思いながら、辷《すべ》ってもつまずいても走って行った。

やっと遠い夕闇《ゆうやみ》の中に、村外れの工事場が見えた時、良平は一思いに泣きたくなった。しかしその時もべそはかいたが、とうとう泣かずに駈け続けた。

彼の村へはいって見ると、もう両側の家家には、電燈の光がさし合っていた。良平はその電燈の光に、頭から汗の湯気《ゆげ》の立つのが、彼自身にもはっきりわかった。井戸端に水を汲《く》んでいる女衆《おんなしゅう》や、畑から帰って来る男衆《おとこしゅう》は、良平が喘《あえ》ぎ喘ぎ走るのを見ては、「おいどうしたね？」などと声をかけた。が、彼は無言のまま、雑貨屋だの床屋だの、明るい家の前を走り過ぎた。

彼の家《うち》の門口《かどぐち》へ駈けこんだ時、良平はとうとう大声に、わっと泣き出さずにはいられなかった。その泣き声は彼の周囲《まわり》へ、一時に父や母を集まらせた。殊《こと》に母は何とか云いながら、良平の体を抱《かか》えるようにした。が、良平は手足をもがきながら、啜《すす》り上げ啜り上げ泣き続けた。その声が余り激しかったせいか、近所の女衆も三四人、薄暗い門口へ集って来た。父母は勿論その人たちは、口口に彼の泣く訣《わけ》を尋ねた。しかし彼は何と云われても泣き立てるより外に仕方がなかった。あの遠い路を駈け通して来た、今までの心細さをふり返ると、いくら大声に泣き続けても、足りない気もちに迫られながら、……

良平は二十六の年、妻子《さいし》と一しょに東京へ出て来た。今では或雑誌社の二階に、校正の朱《しゅ》筆《ふで》を握っている。が、彼はどうかすると、全然何の理由もないのに、その時の彼を思い出す事がある。全然何の理由もないのに？――塵労《じんろう》に疲れた彼の前には今でもやはりその時のように、薄暗い藪や坂のある路が、細細と一すじ断続している。……

仙人

皆さん。

私《わたし》は今大阪にいます、ですから大阪の話をしましょう。

昔、大阪の町へ奉公に来た男がありました。名は何と云ったかわかりません。唯飯炊《ただめしたき》奉公に来た男ですから、権助《ごんすけ》とだけ伝わっています。

権助は口入《くちい》れ屋《や》(一)の暖簾《のれん》をくぐると、煙管《きせる》を啣《くわ》えていた番頭に、こう口の世話を頼みました。

「番頭さん。私は仙人《せんにん》になりたいのだから、そう云う所へ住みこませて下さい」

番頭は呆気《あっけ》にとられたように、暫《しばら》くは口も利《き》かずにいました。

「番頭さん。聞えませんか？　私は仙人になりたいのだから、そう云う所へ住みこませて下さい」

「まことに御気の毒様《さま》ですが、――」

番頭はやっと何時《いつ》もの通り、煙草《たばこ》をすぱすぱ吸い始めました。

「手前の店ではまだ一度も、仙人なぞの口入れは引き受けた事がありませんから、どうか外《ほか》へ御《お》出《い》でなすって下さい」

すると権助は不服そうに、千草《ちぐさ》の股引《ももひき》の膝《ひざ》をすすめながら、こんな理窟《りくつ》を云い出しました。

「それはちと話が違うでしょう。御前さんの店の暖簾には、何と書いてあると御思いなさる？　万《よろず》口入れ所と書いてあるじゃありませんか？　万と云うからは何事でも、口入れをするのがほんとうです。それともお前さんの店では暖簾の上に、嘘《うそ》を書いて置いたつもりなのですか？」

成程《なるほど》こう云われて見ると、権助が怒《おこ》るのも尤《もっと》もです。

「いえ、暖簾に嘘がある次第ではありません。何でも仙人になれるような奉公口を探せと仰《おっ》有《しゃ》るのなら、明日《あした》又御出で下さい。今日《きょう》中には心当りを尋ねて置いて見ますから」

番頭はとにかく一時逃《のが》れに、権助の頼みを引き受けてやりました。が、何処《どこ》へ奉公させたら、仙人になる修業が出来るか、もとよりそんな事なぞはわかる筈《はず》がありません。ですから一まず権助を返すと、早速番頭は近所にある医者の所へ出かけて行きました。そうして権助の事を話してから、

「如何《いかが》でしょう？　先生。仙人になる修業をするには、何処へ奉公するのが近路《ちかみち》でしょう？」と、心配そうに尋ねました。

これには医者も困ったのでしょう。暫くはぼんやり腕組みをしながら、庭の松ばかり眺《なが》めていました。が番頭の話を聞くと、直ぐに横から口を出したのは、古狐《ふるぎつね》と云う渾名《あだな》のある、狡猾《こうかつ》な医者の女房です。

「それはうちへおよこしよ。うちにいれば二三年中《うち》には、きっと仙人にして見せるから」

「左様《さよう》ですか？　それは善い事を伺いました。では何分願います。どうも仙人と御医者様とは、何処か縁が近いような心もちが致しておりましたよ」

何も知らない番頭は、頻《しきり》に御辞儀《おじぎ》を重ねながら、大喜びで帰りました。

医者は苦い顔をしたまま、その後《あと》を見送っていましたが、やがて女房に向いながら、

「お前は何と云う莫迦《ばか》な事を云うのだ？　もしその田舎者《いなかもの》が何年いても、一向《いっこう》仙術を教えてくれぬなぞと、不平でも云い出したら、どうする気だ？」と忌々《いまいま》しそうに小言《こごと》を云いました。

しかし女房はあやまるどころか、鼻の先でふふんと笑いながら、

「まあ、あなたは黙っていらっしゃい。あなたのように莫迦正直では、このせち辛い世の中に、御飯を食べる事も出来はしません」と、あべこべに医者をやりこめるのです。

さて明くる日になると約束通り、田舎者の権助は番頭と一しょにやって来ました。今日はさすがに権助も、初《はつ》の御目見えだと思ったせいか、紋附《もんつき》の羽織を着ていますが、見たところは唯《ただ》の百姓と少しも違った容子《ようす》はありません。それが反《かえ》って案外だったのでしょう。医者はまるで天竺《てんじく》から来た麝香獣《じゃこうじゅう》でも見る時のように、じろじろその顔を眺めながら、

「お前は仙人になりたいのだそうだが、一体どう云うところから、そんな望みを起したのだ？」と、不審そうに尋ねました。すると権助が答えるには、

「別にこれと云う訳もございませんが、唯あの大阪の御城を見たら、太閤様《たいこうさま》(一三)のように偉い人でも、何時《いつ》か一度は死んでしまう、して見れば人間と云うものは、いくら栄耀栄華《えいようえいが》をしても、

はかないものだと思ったのです」

「では仙人になれさえすれば、どんな仕事でもするだろうね？」

狡猾な医者の女房は、隙《す》かさず口を入れました。

「はい。仙人になれさえすれば、どんな仕事でも致します」

「それでは今日から私の所に、二十年の間奉公おし。そうすればきっと二十年目に、仙人になる術を教えてやるから」

「左様でございますか？　それは何より難有《ありがと》うございます」

「その代り向う二十年の間は、一文も御給金はやらないからね」

「はい。はい。承知致しました」

それから権助は二十年間、その医者の家に使われていました。水を汲《く》む。薪《まき》を割る。飯を炊《た》く。拭《ふ》き掃除をする。おまけに医者が外へ出る時は、薬箱を背負って伴《とも》をする。――その上給金は一文でも、くれと云った事がないのですから、この位重宝《ちょうほう》な奉公人は、日本中探してもありますまい。

が、とうとう二十年たつと、権助は又来た時のように、紋附の羽織をひっかけながら、主人夫婦の前へ出ました。そうして慇懃《いんぎん》に二十年間、世話になった礼を述べました。

「就《つ》いては兼ね兼ね御約束の通り、今日は一つ私にも、不老不死になる仙人の術を教えて貰《もら》いたいと思いますが」

権助にこう云われると、閉口したのは主人の医者です。何しろ一文も給金をやらずに、二十年間も使った後《あと》ですから、今更仙術は知らぬなぞとは、云えた義理ではありません。医者はそこで仕方なしに、

「仙人になる術を知っているのは、おれの女房の方だから、女房に教えて貰うが好《よ》い」と、素《そ》っ気《け》なく横を向いてしまいました。

しかし女房は平気なものです。

「では仙術を教えてやるから、その代りどんなむずかしい事でも、私の云う通りにするのだよ。さもないと仙人になれないばかりか、又向う二十年の間、御給金なしに奉公しないと、すぐに罰《ばち》が当って死んでしまうからね」

「はい。どんなむずかしい事でも、きっと仕遂《しと》げて御覧に入れます」

権助はほくほく喜びながら、女房の云いつけを待っていました。

「それではあの庭の松に御登り」

女房はこう云いつけました。もとより仙人になる術なぞは、知っている筈がありませんから、何でも権助に出来そうもない、むずかしい事を云いつけて、もしそれが出来ない時には、又向う二十年の間、唯《ただ》で使おうと思ったのでしょう。しかし権助はその言葉を聞くとすぐに庭の松へ登りました。

「もっと高く。もっとずっと高く御登り」

女房は縁先に佇《たたず》みながら、松の上の権助を見上げました。権助の着た紋附の羽織は、もうその大きな庭の松でも、一番高い梢《こずえ》にひらめいています。

「今度は右の手を御放し」

権助は左手にしっかりと、松の太枝をおさえながら、そろそろ右の手を放しました。

「それから左の手も放しておしまい」

「おい。おい。左の手を放そうものなら、あの田舎者は落ちてしまうぜ。落ちれば下には石があるし、とても命はありはしない」

医者もとうとう縁先へ、心配そうな顔を出しました。

「あなたの出る幕ではありませんよ。まあ、私に任せて御置きなさい。――さあ、左の手を放すのだよ」

権助はその言葉が終らない内に、思い切って左手も放しました。何しろ木の上に登ったまま、両手とも放してしまったのですから、落ちずにいる訳はありません。あっと云う間《ま》に権助の体は、権助の着ていた紋附の羽織は、松の梢から離れました。が、離れたと思うと落ちもせずに、不思議にも昼間《ひるま》の中空《なかぞら》へ、まるで操《あやつ》り人形のように、ちゃんと立止ったではありませんか？

「どうも難有《ありがと》うございます。おかげ様で私も一人前の仙人になれました」

権助は叮嚀《ていねい》に御辞儀をすると、静かに青空を踏みながら、だんだん高い雲の中へ昇って行ってしまいました。

医者夫婦はどうしたか、それは誰も知っていません。唯その医者の庭の松は、ずっと後《のち》までも残っていました。何でも淀屋《よどや》辰五郎《たつごろう》は、この松の雪景色を眺める為《ため》に、四抱《よかか》えにも余る大木をわざわざ庭へ引かせたそうです。

猿蟹合戦
さるかにかっせん

蟹《かに》の握り飯を奪った猿はとうとう蟹に仇《かたき》を取られた。蟹は臼《うす》、蜂《はち》、（一四）卵と共に、怨敵《おんてき》の猿を殺したのである。――その話は今更しないでも好《よ》い。唯《ただ》猿を仕止めた後《のち》、蟹を始め同志のものはどう云う運命に逢着《ほうちゃく》したか、それを話すことは必要である。なぜと云えばお伽噺《とぎばなし》は全然このことは話していない。いや、話していないどころか、あたかも蟹は穴の中に、臼は台所の土間の隅《すみ》に、蜂は軒先の蜂の巣に、卵は籾殻《もみがら》の箱の中に、太平無事な生涯でも送ったかのように装っている。

しかしそれは偽《いつわり》である。彼等は仇を取った後、警官の捕縛するところとなり、悉《ことごとく》監獄に投ぜられた。しかも裁判を重ねた結果、主犯蟹は死刑になり、臼、蜂、卵等の共犯は無期徒刑の宣告を受けたのである。お伽噺のみしか知らない読者はこう云う彼等の運命に、怪訝《かいが》の念を持つかも知れない。が、これは事実である。寸毫《すんごう》も疑いのない事実である。

蟹は蟹自身の言によれば、握り飯を柿《かき》と交換した。が、猿は熟柿《じゅくし》を与えず、青柿ばかり与えたのみか、蟹に傷害を加えるように、さんざんその柿を投げつけたと云う。しかし蟹は猿との間《あいだ》に、一通の証書も取り換わしていない。よし又それは不問に附しても、握り飯と柿と交換したと云い、熟柿とは特に断《ことわ》っていない。最後に青柿を投げつけられたと云うのも、猿に悪意があったかどうか、その辺の証拠は不十分である。だから蟹の弁護に立った、雄弁の名の高い某弁護士も、裁判官の同情を乞《こ》うより外《ほか》に、策の出《い》ずるところを知らなかったらしい。その弁護士は気の毒そうに、蟹の泡《あわ》を拭《ぬぐ》ってやりながら、「あきらめ給《たま》え」と云ったそうである。尤《もっと》もこの「あきらめ給え」は、死刑の宣告を下されたことをあきらめ給えと云ったのだか、弁護士に大金をとられたことをあきらめ給えと云ったのだか、それは誰にも決定出来ない。

その上新聞雑誌の輿論《よろん》も、蟹に同情を寄せたものは殆《ほとん》ど一つもなかったようである。蟹の猿を殺したのは私憤の結果に外ならない。しかもその私憤たるや、己《おのれ》の無知と軽率とから猿に利益を占められたのを忌忌《いまいま》しがっただけではないか？　優勝劣敗の世の中にこう云う私憤を洩《も》らすとすれば、愚者にあらずんば狂者である。——と云う非難が多かったらしい。現に商業会議所会頭某男爵の如きは大体上《かみ》のような意見と共に、蟹の猿を殺したのも多少は流行の危険思想にかぶれたのであろうと論断した。そのせいか蟹の仇打ち以来、某男爵は壮士の外にも、ブルドッグを十頭飼ったそうである。

かつ又蟹の仇打ちは所謂《いわゆる》識者の間にも、一向《いっこう》好評を博さなかった。大学教授某博士《はかせ》は倫理学上の見地から、蟹の猿を殺したのは復讐《ふくしゅう》の意志に出たものである、復讐は善と称し難いと云った。それから社会主義の某首領は蟹は柿とか握り飯とか云う私有財産を難有《ありがた》がっていたから、臼や蜂や卵なども反動的思想を持っていたのであろう、事によると尻押《しりお》しをしたのは国粋会かも知れないと云った。それから某宗の管長某師は蟹は仏慈悲《ぶつじひ》を知らなかったらしい、たとい青柿を投げつけられたとしても、仏慈悲を知っていさえすれば、猿の所業を憎む代りに、反《かえ》ってそれを憐《あわれ》んだであろう。ああ、思えば一度でも好《い》いから、わたしの説教を聴かせたかったと云った。それから——また各方面にいろいろ批評する名士はあったが、いずれも蟹の仇打《かたきう》ちには不賛成の声ばかりだった。そう云う中にたった一人、蟹の為《ため》に気を吐いたのは酒豪兼詩人の某代議士である。代議士は蟹の仇打ちは武士道の精神と一致すると云った。しかしこんな時代遅れの議論は誰の耳にも止る筈《はず》はない。のみならず新聞のゴシップによると、その代議士は数年以前、動物園を見物中、猿に尿《いばり》をかけられたことを遺恨に思っていたそうである。

　お伽噺しか知らない読者は、悲しい蟹の運命に同情の涙を落すかも知れない。しかし蟹の死は当然である。それを気の毒に思いなどするのは、婦女童幼のセンティメンタリズムに過ぎない。天下は蟹の死を是《ぜ》なりとした。現に死刑の行われた夜、判事、検事、弁護士、看守、死刑執行人、教誨師《きょうかいし》等は四十八時間熟睡したそうである。その上皆夢の中に、天国の門を見たそうである。天国は彼等の話によると、封建時代の城に似たデパアトメント・ストアらしい。

　次手《ついで》に蟹の死んだ後《のち》、蟹の家庭はどうしたか、それも少し書いて置きたい。蟹の妻は売笑婦になった。なった動機は貧困の為か、彼女自身の性情の為か、どちらか未《いまだ》に判然しない。蟹の長男は父の没後、新聞雑誌の用語を使うと、「飜然《ほんぜん》と心を改めた」今は何でも或《ある》株屋の番頭か何かしていると云う。この蟹は或時自分の穴へ、同類の肉を食う為に、怪我《けが》をした仲間を引きずりこんだ。クロポトキンが相互扶助論の中に、蟹も同類を劬《いたわ》ると云う実例を引いたのはこの蟹である（二五）。次男の蟹は小説家になった。勿論《もちろん》小説家のことだから、遊蕩《ゆうとう》の外《ほか》は何もしない。唯父蟹の一生を例に、善は悪の異名《いみょう》であるなどと、好《い》い加減な皮肉を並べている。三男の蟹は愚物《ぐぶつ》だったから、蟹より外のものになれなかった。それが横這《よこば》いに歩いていると、握り飯が一つ落ちていた。握り飯は彼の好物だった。彼は大きい鋏《はさみ》の先にこの獲物を拾い上げた。すると高い柿の木の梢《こずえ》に虱《しらみ》を取っていた猿が一匹、――その先は話す必要はあるまい。

とにかく猿と戦ったが最後、蟹は必《かならず》天下の為に殺されることだけは事実である。語を天下の読者に寄す。君たちも大抵蟹なんですよ。

白

一

或《ある》春の午過《ひるす》ぎです。白と云う犬は土を嗅《か》ぎ嗅ぎ、静かな往来を歩いていました。狭い往来の両側にはずっと芽をふいた生垣《いけがき》が続き、その又生垣の間にはちらほら桜なども咲いています。白は生垣に沿いながら、ふと或横町へ曲りました。が、そちらへ曲ったと思うと、さもびっくりしたように、突然立ち止ってしまいました。

それも無理はありません。その横町の七八間先には印半纏《しるしばんてん》を着た犬殺しが一人、罠《わな》を後《うしろ》に隠したまま、一匹の黒犬を狙《ねら》っているのです。しかも黒犬は何も知らずに、この犬殺しの投げてくれたパンか何かを食べているのです。けれども白が驚いたのはそのせいばかりではありません。見知らぬ犬ならばともかくも、今犬殺しに狙われているのはお隣の飼犬《かいいぬ》の黒なのです。毎朝顔を合せる度《たび》にお互の鼻の匂《におい》を嗅ぎ合う、大の仲よしの黒なのです。

白は思わず大声に「黒君！　あぶない！」と叫ぼうとしました。が、その拍子に犬殺しはじろりと白へ目をやりました。「教えて見ろ！　貴様から先へ罠にかけるぞ」――犬殺しの目にはありありとそう云う嚇《おどか》しが浮んでいます。白は余りの恐ろしさに、思わず吠《ほ》えるのを忘れました。いや、忘れたばかりではありません。一刻もじっとしてはいられぬ程、臆病風《おくびようかぜ》が立ち出したのです。白は犬殺しに目を配りながら、じりじり後すざりを始めました。そうして又生垣の蔭《かげ》に犬殺しの姿が隠れるが早いか、可哀そうな黒を残したまま、一目散に逃げ出しました。

その途端に罠が飛んだのでしょう。続けさまにけたたましい黒の鳴き声が聞えました。しかし白は引き返すどころか、足を止めるけしきもありません。ぬかるみを飛び越え、石ころを蹴《け》散《ち》らし、往来どめの縄《なわ》を擦《す》り抜け、五味《ごみ》ための箱を引っくり返し、振り向きもせずに逃げ続けました。御覧なさい。坂を駈《か》け下りるのを！　そら、自動車に轢《ひ》かれそうになりました！　白はもう命の助かりたさに夢中になっているのかも知れません。いや、白の耳の底には未《いま》だに黒の鳴き声が虻《あぶ》のように唸《うな》っているのです。

「きゃあん。きゃあん。助けてくれえ！　きゃあん。きゃあん。助けてくれえ！」

二

白はやっと喘《あえ》ぎ喘ぎ、主人の家へ帰って来ました。黒塀《くろべい》の下の犬くぐりを抜け、物置小屋を廻りさえすれば、犬小屋のある裏庭です。白は殆《ほとん》ど風のように、裏庭の芝生へ駈けこみました。もう此処《ここ》まで逃げて来れば、罠にかかる心配はありません。おまけに青あおした芝の上には、幸いお嬢さんや坊ちゃんもボオル投げをして遊んでいます。それを見た白の嬉しさは何と云えば好《い》いのでしょう？　白は尻尾《しっぽ》を振りながら、一足飛びに其処《そこ》へ飛んで行きました。

「お嬢さん！　坊ちゃん！　今日は犬殺しに遇《あ》いましたよ」

白は二人を見上げると、息もつかずにこう云いました。（尤《もっと》もお嬢さんや坊ちゃんには犬の言葉はわかりませんから、わんわんと聞えるだけなのです）しかし今日はどうしたのか、お嬢さんも坊ちゃんも唯呆気《ただあっけ》にとられたように、頭さえ撫《な》でてはくれません。白は不思議に思いながら、もう一度二人に話しかけました。

「お嬢さん！　あなたは犬殺しを御存じですか？　それは恐ろしいやつですよ。坊ちゃん！　わたしは助かりましたが、お隣の黒君は摑《つか》まりましたぜ」

それでもお嬢さんや坊ちゃんは顔を見合せているばかりです。おまけに二人は少時《しばらく》すると、こんな妙なことさえ云い出すのです。

「何処《どこ》の犬でしょう？　春夫さん」

「何処の犬だろう？　姉さん」

何処の犬？　今度は白の方が呆気にとられました。（白にはお嬢さんや坊ちゃんの言葉もちゃんと聞きわけることが出来るのです。我我は犬の言葉がわからないものですから、犬もやはり我我の言葉はわからないように考えていますが、実際はそうではありません。犬が芸を覚えるのは我我の言葉がわかるからです。しかし我我は犬の言葉を聞きわけることが出来ませんから、闇《やみ》の中を見通すことだの、かすかな匂を嗅ぎ当てることだの、犬の教えてくれる芸は一つも覚えることが出来ません）

「何処の犬とはどうしたのです？　わたしですよ！　白ですよ！」

けれどもお嬢さんは不相変《あいかわらず》気味悪そうに白を眺めています。

「お隣の黒の兄弟かしら？」

「黒の兄弟かも知れないね」坊ちゃんもバットをおもちゃにしながら、考え深そうに答えました。

「こいつも体中まっ黒だから」

白は急に背中の毛が逆立《さかだ》つように感じました。まっ黒！　そんは筈《はず》はありません。白はまだ子犬の時から、牛乳のように白かったのですから。しかし今前足を見ると、――いや、前足ばかりではありません。胸も、腹も、後足《あとあし》も、すらりと上品に延びた尻尾も、みんな鍋底《なべぞこ》のようにまっ黒なのです。まっ黒！　まっ黒！　白は気でも違ったように、飛び上ったり、跳《は》ね廻ったりしながら、一生懸命に吠え立てました。

「あら、どうしましょう？　春夫さん。この犬はきっと狂犬だわよ」

お嬢さんは其処に立ちすくんだなり、今にも泣きそうな声を出しました。しかし坊ちゃんは勇敢です。白は忽《たちま》ち左の肩をぽかりとバットに打たれました。と思うと二度目のバットも頭の上へ飛んで来ます。白はその下をくぐるが早いか、元来《もと》た方へ逃げ出しました。けれども今度はさっきのように、一町も二町も逃げ出しはしません。芝生のはずれには棕櫚《しゅろ》の木のかげに、クリイム色に塗った犬小屋があります。白は犬小屋の前へ来ると、小さい主人たちを振り返りました。

「お嬢さん！　坊ちゃん！　わたしはあの白なのですよ。いくらまっ黒になっていても、やっぱりあの白なのですよ」

白の声は何とも云われぬ悲しさと怒りとに震えていました。けれどもお嬢さんや坊ちゃんにはそう云う白の心もちも呑《の》みこめる筈はありません。現にお嬢さんは憎らしそうに、「まだあすこに吠えているわ。ほんとうに図図《ずうずう》しい野良犬《のらいぬ》ね」などと、地だんだを踏んでいるのです。坊ちゃんも、――坊ちゃんは小径《こみち》の砂利《じゃり》を拾うと、力一ぱい白へ投げつけました。

「畜生！　まだ愚図々々しているな。これでもか？　これでもか？」砂利は続けさまに飛んで来ました。中には白の耳のつけ根へ、血の滲《にじ》む位当ったのもあります。白はとうとう尻尾を巻き、黒塀《くろべい》の外へぬけ出しました。黒塀の外には春の日の光に銀の粉を浴びた紋白蝶《もんしろちょう》が一羽、気楽そうにひらひら飛んでいます。

「ああ、きょうから宿無し犬になるのか？」

白はため息を洩《も》らしたまま、少時《しばらく》は唯電柱の下にぼんやり足をとめていました。

三

お嬢さんや坊ちゃんに逐《お》い出された白は東京中をうろうろ歩きました。しかし何処へどうしても、忘れることの出来ないのはまっ黒になった姿のことです。白は客の顔を映している理髪店の鏡を恐れました。雨上《あまあが》りの空を映している往来の水たまりを恐れました。往来の若葉を映している飾窓の硝子《ガラス》を恐れました。いや、カフェのテエブルに黒ビイルを湛《たた》えているコップさえ、――けれどもそれが何になりましょう？　あの自動車を御覧なさい。ええ、あの公園の外にとまった、大きい黒塗りの自動車です。漆《うるし》を光らせた自動車の車体は今こちらへ歩いて来る白の姿を映しました。――はっきりと、鏡のように。白の姿を映すものはあの客待ちの自動車のように、到るところにある訣《わけ》なのです。もしあれを見たとすれば、どんなに白は恐れるでしょう。それ、白の顔を御覧なさい。白は苦しそうに唸ったと思うと、忽ち公園の中へ駈けこみました。

公園の中には鈴懸《すずかけ》の若葉にかすかな風が渡っています。白は頭を垂《た》れたなり、木木の間を歩いて行きました。此処には幸い池の外《ほか》には、姿を映すものも見当りません。物音は唯白薔《しろば》薇《ら》に群れる蜂《はち》の声が聞えるばかりです。白は平和な公園の空気に、少時《しばらく》は醜い黒犬になった日ごろの悲しさも忘れていました。

しかしそう云う幸福さえ五分と続いたかどうかわかりません。白は唯夢のように、ベンチの並んでいる路《みち》ばたへ出ました。するとその路の曲り角の向うにけたたましい犬の声が起ったのです。

「きゃん。きゃん。助けてくれえ！　きゃぁん！　きゃぁん。助けてくれえ！」

白は思わず身震いをしました。この声は白の心の中へ、あの恐ろしい黒の最後をもう一度はっきり浮ばせたのです。白は目をつぶったまま、元来《もと》た方へ逃げ出そうとしました。けれどもそれは言葉通り、ほんの一瞬の間《あいだ》のことです。白は凄《すさま》じい唸り声を洩らすと、きりりと又振り返りました。

「きゃぁん。きゃぁん。助けてくれえ！　きゃぁん。きゃぁん。助けてくれえ！」

この声は又白の耳にはこう云う言葉にも聞えるのです。

「きゃぁん。きゃぁん。臆病ものになるな！　きゃぁん。臆病ものになるな！」

白は頭を低めるが早いか、声のする方へ駈け出しました。

けれども其処へ来て見ると、白の目の前へ現れたのは犬殺しなどではありません。唯学校の帰りらしい、洋服を着た子供が二三人、頸《くび》のまわりへ縄をつけた茶色の子犬を引きずりながら、何かわいわい騒いでいるのです。子犬は一生懸命に引きずられまいともがきもがき、「助けてくれえ」と繰り返していました。しかし子供たちはそんな声に耳を借すけしきもありません。唯笑ったり、怒鳴ったり、或《あるい》は又子犬の腹を靴で蹴《け》ったりするばかりです。

白は少しもためらわずに、子供たちを目がけて吠えかかりました。不意を打たれた子供たちは驚いたの驚かないのではありません。又実際白の容子《ようす》は火のように燃えた眼の色と云い、刃物のようにむき出した牙《きば》の列と云い、今にも噛《か》みつくかと思う位、恐ろしいけんまくを見せているのです。子供たちは四方へ逃げ散りました。中には余り狼狽《ろうばい》したはずみに、路ばたの花壇へ飛びこんだのもあります。白は二三間追いかけた後《のち》、くるりと子犬を振り返ると、叱るようにこう声をかけました。

「さあ、おれと一しょに来い。お前の家《うち》まで送ってやるから」

白は元来た木木の間へ、まっしぐらに又駈けこみました。茶色の子犬も嬉しそうに、ベンチをくぐり、薔薇を蹴散らし、白に負けまいと走って来ます。まだ頸にぶら下った、長い縄をひきずりながら。

*　　*　　*

二三時間たった後《のち》、白は貧しいカフェの前に茶色の子犬と佇《たたず》んでいました。昼も薄暗いカフェの中にはもう赤あかと電燈がともり、音のかすれた蓄音機は浪花節《なにわぶし》か何かやっているようです。子犬は得意そうに尾を振りながら、こう白へ話しかけました。

「僕は此処に住んでいるのです、この大正軒《たいしょうけん》と云うカフェの中に。——おじさんは何処に住んでいるのです？」

「おじさんかい？　おじさんは——ずっと遠い町にいる」

白は寂しそうにため息をしました。

「じゃもうおじさんは家《うち》へ帰ろう」

「まあお待ちなさい。おじさんの御主人はやかましいのですか？」

「御主人？　なぜ又そんなことを尋ねるのだい？」

「もし御主人がやかましくなければ、今夜は此処に泊って行って下さい。それから僕のお母さんにも命拾いの御礼を云わせて下さい。僕の家《うち》には牛乳だの、カレエ・ライスだの、ビフテキだの、いろいろな御馳走《ごちそう》があるのです」

「ありがとう。ありがとう。だがおじさんは用があるから、御馳走になるのはこの次にしよう。——じゃお前のお母さんによろしく」

白はちょいと空を見てから、静かに敷石の上を歩き出しました。空にはカフェの屋根のはずれに、三日月もそろそろ光り出しています。

「おじさん。おじさん。おじさんと云えば！」

子犬は悲しそうに鼻を鳴らしました。

「じゃ名前だけ聞かして下さい。僕の名前はナポレオンと云うのです。ナポちゃんだのナポ公だのとも云われますけれども。——おじさんの名前は何と云うのです？」

「おじさんの名前は白と云うのだよ」

「白——ですか？　白と云うのは不思議ですね。おじさんは何処も黒いじゃありませんか？」

白は胸が一ぱいになりました。

「それでも白と云うのだよ」

「じゃ白のおじさんと云いましょう。白のおじさん。是非又近い内に一度来て下さい」

「じゃナポ公、さよなら！」

「御機嫌《ごきげん》好う、白のおじさん！　さようなら、さようなら！」

四

その後《のち》の白はどうなったか？——それは一一話さずとも、いろいろの新聞に伝えられています。大かたどなたも御存じでしょう。度度危《たびたびあやう》い人命を救った、勇ましい一匹の黒犬のあるのを。又一時『義犬』と云う活動写真の流行したことを。あの黒犬こそ白だったのです。しかしまだ不幸にも御存じのない方があれば、どうか下《しも》に引用した新聞の記事を読んで下さい。

東京日日新聞。昨十八日（五月）午前八時四十分《しじっぷん》、奥羽線《おううせん》上り急行列車が田端《たばた》駅附近の踏切を通過する際、踏切番人の過失に依《よ》り、田端一二三会社員柴山鉄太郎の長男実彦《さねひこ》（四歳《しさい》）が列車の通る線路内に立ち入り、危く轢死《れきし》を遂《と》げようとした。その時逞《たくま》しい黒犬が一匹、稲妻のように踏切へ飛びこみ、目前に迫った列車の車輪から、見事に実彦を救い出した。この勇敢なる黒犬は人人の立騒いでいる間に何処《どこ》かへ姿を隠した為《ため》、表彰したいにもすることが出来ず、当局は大いに困っている。

東京朝日新聞。軽井沢に避暑中のアメリカ富豪エドワアド・バアクレエ氏の夫人はペルシア産の猫を寵愛《ちょうあい》している。すると最近同氏の別荘へ七尺余りの大蛇《だいじゃ》が現れ、ヴェランダにいる猫を呑もうとした。其処へ見慣れぬ黒犬が一匹、突然猫を救いに駈けつけ、二十分にわたる奮闘の後《のち》、とうとうその大蛇を嚙み殺した。しかしこのけなげな犬は何処かへ姿を隠した為、夫人は五千弗《ドル》の賞金を懸《か》け、犬の行方《ゆくえ》を求めている。

国民新聞。日本アルプス横断中、一時行方不明になった第一高等学校の生徒三名は七日《なのか》(八月)上高地《かみこうち》の温泉へ着した。一行は穂高山《ほだかやま》と槍《やり》ヶ岳《たけ》との間に途《みち》を失い、かつ過日の暴風雨に天幕《テント》糧食等を奪われた為、殆《ほとん》ど死を覚悟していた。然《しか》るに何処からか黒犬が一匹、一行のさまよっていた渓谷に現れ、あたかも案内をするように、先へ立って歩き出した。一行はこの犬の後《あと》に従い、一日余り歩いた後《のち》、やっと上高地へ着することが出来た。しかし犬は目の下に温泉宿の屋根が見えると、一声嬉しそうに吠えたきり、もう一度もと来た熊笹《くまざさ》の中へ姿を隠してしまったと云う。一行は皆この犬が来たのは神明《しんめい》の加護だと信じている。

時事新報。十三日(九月)名古屋市の大火は焼死者十余名に及んだが、横関《よこぜき》名古屋市長なども愛児を失おうとした一人である。令息武矩《たけのり》(三歳)は如何《いか》なる家族の手落からか、猛火の中の二階に残され、既に灰燼《かいじん》となろうとしたところを、一匹の黒犬の為に啣《くわ》え出された。市長は今後名古屋市に限り、野犬撲殺を禁ずると云っている。

読売新聞。小田原町城内公園に連日の人気を集めていた宮城《みやぎ》巡回動物園のシベリア産大狼《おおおかみ》は二十五日(十月)午後二時ごろ、突然巌乗《がんじょう》な檻《おり》を破り、木戸番二名を負傷させた後、箱根方面へ逸走した。小田原署はその為に非常動員を行い、全町にわたる警戒線を布《し》いた。すると午後四時半ごろ右の狼は十字町に現れ、一匹の黒犬と噛み合いを初めた。黒犬は悪戦頗《すこぶ》る努め、遂に敵を噛み伏せるに至った。其処へ警戒中の巡査も駈けつけ、直ちに狼を銃殺した。この狼はルプス・ジガンティクスと称し、最も兇猛《きょうもう》な種属であると云う。なお宮城動物園主は狼の銃殺を不当とし、小田原署長を相手どった告訴を起すといきまいている。

五

或《ある》秋の真夜中です。体も心も疲れ切った白は主人の家へ帰って来ました。勿論《もちろん》お嬢さんや坊ちゃんはとうに床へはいっています。いや、今は誰一人起きているものもありますまい。ひっそりした裏庭の芝生の上にも、唯高い棕櫚《しゅろ》の木の梢《こずえ》に白い月が一輪浮んでいるだけです。白は昔の犬小屋の前に、露に濡《ぬ》れた体を休めました。それから寂しい月を相手に、こういう独語《ひとりごと》を始めました。

「お月様！　お月様！　わたしは黒君を見殺しにしました。わたしの体のまっ黒になったのも、大かたそのせいかと思っています。しかしわたしはお嬢さんや坊ちゃんにお別れ申してから、あらゆる危険と戦って来ました。それは一つには何かの拍子に煤《すす》よりも黒い体を見ると、臆病《おくびょう》を恥じる気が起ったからです。けれどもしまいには黒いのがいやさに、——この黒いわたしを殺したさに、或は火の中へ飛びこんだり、或は又狼と戦ったりしました。が、不思議にもわたしの命はどんな強敵にも奪われません。死もわたしの顔を見ると、何処かへ逃げ去ってしまうのです。わたしはとうとう苦しさの余り、自殺をしようと決心しました。唯自殺をするにつけても、唯一目《ひとめ》会いたいのは可愛がって下すった御主人です。勿論お嬢さんや坊ちゃんはあしたにもわたしの姿を見ると、きっと又野良犬と思うでしょう。ことによれば坊ちゃんのバットに打ち殺されてしまうかも知れません。しかしそれでも本望です。お月様！　お月様！　わたしは御主人の顔を見る外に、何も願うことはありません。その為に今夜ははるばるともう一度此処へ帰って来ました。どうか夜の明け次第、お嬢さんや坊ちゃんに会わして下さい」

白は独語を云い終ると、芝生に顎《あご》をさしのべたなり、何時《いつ》かぐっすり寝入ってしまいました。

＊　＊　＊

「驚いたわねえ、春夫さん」

「どうしたんだろう？　姉さん」

白は小さい主人の声に、はっと目を開きました。見ればお嬢さんや坊ちゃんは犬小屋の前に佇《たたず》んだまま、不思議そうに顔を見合せています。白は一度挙《あ》げた目を又芝生の上へ伏せてしまいました。お嬢さんや坊ちゃんは白がまっ黒に変った時にも、やはり今のように驚いたものです。あの時の悲しさを考えると、——白は今では帰って来たことを後悔する気さえ起りました。するとその途端です。坊ちゃんは突然飛び上ると、大声にこう叫びました。

「お父さん！　お母さん！　白が又帰って来ましたよ！」

白が！　白は思わず飛び起きました。すると逃げるとでも思ったのでしょう。お嬢さんは両手を延ばしながら、しっかり白の頸《くび》を押えました。同時に白はお嬢さんの目へ、じっと彼の目を移しました。お嬢さんの目には黒い瞳《ひとみ》にありありと犬小屋が映っています。高い棕櫚の木のかげになったクリイム色の犬小屋が、――そんなことは当然に違いありません。しかしその犬小屋の前には米粒程の小ささに、白い犬が一匹坐っているのです。清らかに、ほっそりと。――白は唯恍惚《こうこつ》とこの犬の姿に見入りました。

「あら、白は泣いているわよ」

お嬢さんは白を抱きしめたまま、坊ちゃんの顔を見上げました。坊ちゃんは――御覧なさい、坊ちゃんの威張っているのを！

「へっ、姉さんだって泣いている癖に！」

注解

（一）マテイラム・ミスラ　谷崎潤一郎の短編小説『ハッサン・カンの妖術《ようじゅつ》』中の架空人物で、芥川は、その人物をもっともらしく巧妙に利用して二重虚構を試みたのである。

（二）婆羅門　婆羅門教のこと。仏教以前の時代においてインドのバラモン族を中心に行われた宗教で、難行苦行、操行潔白を宗旨とした。

（三）洛陽　現在の河南省河南。ただし、原作『杜子春伝』では、杜子春は六朝《りくちょう》末期の人となっている。

（四）天竺　インドの古称。

（五）峨眉山　中国四川《しせん》省にある山。

（六）鉄冠子　中国三国時代の仙人《せんにん》左慈《さじ》の道号。時代が合わぬが、仙人のことだからかまわない、と芥川自身（河西信三宛《あて》書簡）いっている。

（七）朝に……洞庭湖　呂洞賓《りょとうひん》の詩。『全唐詩』所収。仙術によって中国全土を悠々《ゆうゆう》と飛びあるくさまを詠《よ》んだもの。

（八）西王母　中国神話の女神。西方の仙境崑崙山《こんろんざん》に住み、仙道の修行を終えた者はそこへ行って免許状をもらったとか。

（九）泰山　中国山東省にある山。

（一〇）アグニの神　インドのヴェーダ神話にでてくる火神。バラモン教では地上の最高神で、のち、仏教では護世八天の一とされる。

（一一）小田原熱海間に……八つの年だった。　小田原熱海間に大日本軌道会社の軽便鉄道が開通したのは明治四十一年十二月である。

（一二）口入れ屋　就職周旋屋《しゅうせんや》。

（一三）太閤様　豊臣秀吉。(1536—1598)。一五八三年に大坂城を築いた。

（一四）卵　一般には「栗《くり》」と語り伝えられているが、「卵」が囲炉裏から爆発して飛び出すことになっている説話もある。

（一五）クロポトキンが……この蟹《かに》である　クロポトキンが「相互扶助論」の第一章「動物の相互扶助」において取りあげた実例はもちろん日本のこの民話に無関係である。すなわち、水槽《すいそう》のなかで仰向けに倒れている蟹をその仲間が助けてまっすぐに立たせるという、一八八二年ブライトン水族館で見た実例である。

芥川龍之介　人と文学

三好行雄

芥川龍之介は明治二十五年三月一日に、東京市京橋区入船町（いまの中央区明石《あかし》町）に生まれている。外人居留地に近い一角だった。帝国憲法が公布されてから三年後、文明開化にはじまる日本の近代化はもはや後もどりの不可能な、ひとつの方向を選択し終えていた。西洋文明のあわただしい流入が日本人の生活様式を急速に変貌《へんぼう》させつつあった反面、江戸時代からひきついだ伝統も、生活や文化の内実に生きて働きかける力をまだうしなっていなかった。北村透谷が「漫罵《まんば》」という感想で、龍之介の生地にちかい銀座一帯の和洋雑然とした風景への痛恨を語ったのは、明治二十六年である。

父親は新原《にいはら》敏三、芝や新宿で牧場を経営し、酪農業をいとなんでいた。しかし、龍之介の生後七カ月頃に実母のふくが発狂し、ために母の実家である芥川家で養育されたというのは有名な事実である。明治三十七年、十二歳のときに、芥川家との養子縁組みが正式にととのったが、その二年前に、ふくが精神病院で死んでいる。母親の発狂という悲劇は、幼くして乳房に別れた胎内体験の欠如とともに、心象の闇にふかく沈んだ原体験として、資質としてのペシミズムやニヒリズムを育て、また、生いたちの秘密を隠そうとする禁忌の感覚は、実生活の告白をこばむ虚構性を芥川文学の本質として決定することになった。

　龍之介の養育された芥川家は、代々、江戸城のお数寄屋坊主をつとめた家柄で、本所小泉町（いまの墨田区両国二丁目）に居住していた。養父はふくの実兄道章で、東京府（都）の土木課長をつとめ、養母の聯《とも》は細木《さいき》香以《こうい》の姪《めい》にあたり、洒脱《しゃだつ》、放恣《ほうし》な生をすごした幕末の通人の血を引いていた。道章も〈いかにも江戸の通人らしい趣のある〉人だったという（恒藤恭《つねとうきょう》『旧友芥川龍之介』）。隅田川に近い本所は、もともと江戸時代から文人墨客の風雅隠棲《いんせい》の地として知られ、文明開化の波に洗われる東京でわずかに、遺された江戸を彷彿《ほうふつ》する土地のひとつであった。芥川家も江戸城の礼式にかかわった家柄から礼儀作法のしつけにきびしかった反面、一家そろって遊芸に親しむなど文人ふうな趣味性が濃く、本所の風土性とともに、龍之介の個性形成の見のがせない因子となった。

　最初の小品「大川の水」（大正三年）で、隅田川への愛着と思慕を語ってやまぬのを見てもわかるように、本所、というより本所に象徴される下町の抒情《じょじょう》は芥川龍之介の秘めた故郷であり、かれの感受にもっともなつかしい場所であった。しかし、龍之介の個性獲得の方向は、多くの近代作家の場合とおなじように、西洋との出会いによる故郷との訣別《けつべつ》という形をとる。後年の半自伝体小説「大導寺信輔《しんすけ》の半生」の回想を借りていえば、〈中流下層階級〉からの脱出を〈知的にえらいもの〉をめざす学問に賭《か》けたのである。

＊

龍之介は本所元町の江東小学校から東京府立三中を経て、明治四十三年九月に第一高等学校一部乙（文科）に入学している。はやくから読書を好み、小学生時代に、馬琴や近松など江戸文学を好んで読んだという。中学・高校時代を通じ読書の対象は紅葉・露伴・一葉・蘆《ろ》花《か》・漱石などの現代作家およびイプセン・アナトール＝フランス・ツルゲーネフらの外国文学にひろがり、とくにストリンドベリ・ボードレエル・ワイルドなど十九世紀末文芸を耽読《たんどく》した。〈彼は人生を知る為《ため》に街頭の行人を眺めなかつた。寧《むし》ろ行人を眺める為に本の中の人生を知らうとした〉とは後年の回想である（「大導寺信輔の半生」）。

大正二年九月、龍之介は東京帝大英文科に進んだ。一高時代の親友恒藤恭が京大法科に去ったこともあって、同級生の久米正雄や菊池寛・成瀬正一・松岡譲《ゆずる》らと親交をふかめた。はじめ漠然と学者を志望していた龍之介は、これらの友人たちによって創作の世界に誘われることになる。森鷗外の歴史小説を視野に入れ、翻訳短篇《たんぺん》集『諸国物語』からは創作方法上の示唆をうけた。また、斎藤茂吉の『赤光《しゃっこう》』に感動して、〈詩歌に対する眼〉をひらかれたとみずから回想している（「僻見《へきけん》」）。大正三年二月には豊島与志雄や山本有三を中軸とする同人雑誌、第三次「新思潮」が創刊され、龍之介も誘われて参加した。創刊号に柳川隆之介の筆名で、アナトール＝フランスの「バルタザアル」の翻訳を掲載したのが、不特定多数の読者へむけて、作品を発表した最初であった。五月号には小説の処女作「老年」も発表されている。他《ほか》に、戯曲「青年と死」(九月)、小品「大川の水」(「心の花」四月)など、詩歌をふくむ二、三の習作があるが、文壇の反響はまったく呼ばなかった。

越えて大正四年十一月、「帝国文学」に「羅生門《らしょうもん》」が発表される。芥川龍之介の手に入れた最初の傑作である。『今昔物語』に素材をもとめた短篇で、王朝末期の荒廃した都を舞台に、飢餓に直面するゆき暮れた下人に托《たく》して、善悪を超越した我執のドラマが描かれる。文壇からはいぜんとして黙殺されたが、龍之介がやがて新しい領域をひらくことになる歴史小説の原型をさだめた記念碑である。龍之介の独創は内外の典籍や伝説に典拠をもとめて歴史的事象に新しい解釈を与え、現代にまで普遍的な主題を提示するところにあった。

おなじ年の十二月、龍之介は友人の林原耕三にともなわれて、夏目漱石の木曜会にはじめて出席した。漱石の知遇を得たことが運命の転機になった。漱石はわかい新人作家を愛し、親身な助言と協力を惜しまなかった。「明暗」を執筆中の漱石が龍之介に宛てた、〈勉強しますか。何か書きますか。……どうぞ偉くなつて下さい。然し無暗にあせつては不可《いけ》ません。たゞ牛のやうに図々《づうづう》しく進んで行くのが大事です〉という一節をふくむ書簡(大正五年八月二十一日付)など、偽りのない親愛感が流露している。しかし、龍之介は牛にはなれなかった。やがて才能のすべてを燃焼させて、短距離走者のように短かい生涯を駆けぬけることになる。

＊

大学時代の最後の年、大正五年の二月に第四次「新思潮」が創刊された。同人は龍之介をはじめ、久米・菊池・成瀬・松岡の五名で、龍之介は創刊号に「鼻」を発表した。長鼻のために悩む高僧の悲喜劇を描いた短篇で、厭味《いやみ》のないユーモアや要領のよい文章を漱石から激賞され、作家としての命運をひらく端緒となった。さらに漱石門下の鈴木三重吉の推挙で「新小説」に執筆の機会が与えられ、九月号所掲の「芋粥《いもがゆ》」および翌十月の「中央公論」に発表した「手巾《ハンケチ》」の成功によって、新進作家としての地位をさだめた。「芋粥」は「羅生門」とおなじく『今昔物語』に素材をあおいだ短篇で、負け犬のあわれと勝ち犬の倨傲《きょごう》が非情な人間関係のからくりとして対照され、「手巾」は子を失った悲しみに耐える母親のさりげない動作をとらえて、武士道や婦徳の批判を意図した作品だが、逆に、型（マニイル）によって動く女性の美しさを彷彿するという皮肉な結果を招いている。龍之介の美意識のありかを告げる短篇である。

文名をさだめて以後の創作活動は堰《せき》を切ったようにめざましく、歴史小説を主とする短篇をあいついで発表し、批評もおおむね好意的だった。第四次「新思潮」が終刊して二カ月後の大正六年五月に、最初の短篇集『羅生門』が阿蘭陀《おらんだ》書房から刊行されたとき、龍之介はすでに、当代の一流作家としての評価を確かなものにしていた。その間、大正五年七月に、ウイリアム゠モリス研究を卒業論文として東大を卒業し、おなじ年の十二月には海軍機関学校の嘱託教官に就任して鎌倉に居を定めたが、同月九日に夏目漱石の死に逢い、ふしぎな心象のゆれを体験した。「或阿呆の一生」では、〈巻煙草に火もつけず歓びに近い苦しみを感じて居た〉（十三「先生の死」）と書いている。

＊

龍之介の短篇小説は新技巧派の名で呼ばれたように、技巧にたけ、感情の自由な流露を知性で統御しようとする傾向が強い。一作ごとに語りくちを変え、趣向を凝らした作品の完成度は当代に比類がなく、文体も高雅に洗練され、明晰《めいせき》な知性のとらえた人生の諸相を、あるいは辛辣《しんらつ》な批評をこめ、あるいは洒脱な機知をこめて描いた。菊池寛に〈人生を銀のピンセットで弄《もてあそ》んでゐる〉との評があるが、同時に、玲瓏《れいろう》と完成したぬきさしならぬ行間に、ふときざす情念のゆらぎがあり、日本人になつかしい抒情がただよう。虚構の花の空間に、身をひそめた優しい花に龍之介の素顔も彷彿する。

龍之介の芸術観は「戯作三昧《げさくざんまい》」（大正六年）や「地獄変」（大正七年）などにうかがえるが、作家の実生活のみならず、日常性にからみとられた人生そのものを芸術とひきかえにして悔いないという、徹底した芸術至上主義が説かれている。たとえば「戯作三昧」の馬琴は作家生活にまつわるさまざまな塵労《じんろう》を、芸術創造の〈恍惚《こうこつ》たる悲壮の感激〉につつまれて忘却する。〈ここにこそ「人生」は、あらゆるその残滓《ざんし》を洗つて、まるで新しい鉱石のやうに、美しく作者の前に、輝いて居るではないか。……〉――作家の〈真の人生〉の明証は書くという行為のなかにのみ存在し、爾余《じよ》の日常生活はすべて人生の残滓にすぎぬという、実人生を捨象し、創造の行為にのみ絶対の価値をおく芸術観の吐露である。「地獄変」の絵師良秀は屛風《びょうぶ》絵《え》の完成のために最愛の娘を葬り、「奉教人の死」のろおれんぞはイエスの行跡に倣った殉教者の〈刹那《せつな》の感動〉を生きて、〈人の世の尊さ〉をきわめた。いずれもおなじモチーフの変奏として書かれた短篇であり、これらの作品をふくむ第三短篇集『傀儡師《かいらいし》』（大正八年刊）は、芥川文学のひとつの頂点を示している。前後して、龍之介は大正七年二月に塚本文子と結婚し、翌八年三月には機関学校を辞職し、大阪毎日新聞社に入社している。出社の義務はなく、年数篇の小説を執筆するというのが、その条件であった。翌年、鎌倉をひきあげて田端の自宅にもどり、作家生活に専念することになる。我鬼窟《がきくつ》と号した書斎に小島政二郎・南部修太郎・瀧井孝作ら新進作家の出入りもようやくめだち、創作活動もまた順調であった。『影燈籠《かげどうろう》』（大正九年）『夜来の花』（大正十年）『春服』（大正十二年）などの短篇集がやつぎばやに刊行され、「舞踏会」「南京《ナンキン》の基督《キリスト》」「藪《やぶ》の中」「六の宮の姫君」など、珠玉の短篇が世評をあつめた。

＊

芥川龍之介の晩年の悲劇は、固有の芸術至上主義の動揺、瓦解とともにはじまる。大正九年から十一年を過渡期として、龍之介は自己の文学観、人生観の訂正を強いられ、〈炉辺の幸福〉＝日常性の意味を問うべき重い主題としてひき受けてゆく。マルキシズムの擡頭《たいとう》など時代の動向にもうながされて、現実とのいやおうない対決を強いられたのである。技巧の美学も、もはや無力であった。前期の歴史小説を支えた〈意識的芸術活動〉の方法論を、龍之介がみずから否定するのは大正十二年のアフォリズム「侏儒《しゅじゅ》の言葉」の「創作」の章においてである。嫉妬《しっと》をめぐる女性心理の綾《あや》をさぐった「秋」（大正九年）は現代を描いて、作風を変えようとした最初の試みだが、かならずしも成功していない。「保吉《やすきち》の手帳から」（大正十二年）以下、作者自身が保吉の仮名で登場する一連の短篇も書かれはじめる。体験の断面をコント風に仮構した作品の性格から見て、私小説との距離はまだ遠いといえるが、それにしても、告白を拒みつづけた龍之介が実生活にまで下降したことの意味は大きい。この系譜は、半生の起伏を悔恨に似た感情をこめて回想した「大導寺信輔の半生」（大正十四年）を経て、やがて、「点鬼簿」（大正十五年）の〈僕の母は狂人だつた〉という痛切な告白にまでいたりつく。龍之介がはじめて実家の父と母、姉など骨肉の死の記憶を語った短篇で、死に隣りあう憂鬱な心情をさながらに伝えている。

病魔も龍之介の心身をむしばみはじめていた。大正十年の三月から七月まで、大阪毎日新聞社の海外視察員として中国に特派されたが、このときの過密なスケジュールも原因のひとつで、帰国後、病臥《びょうが》を強いられている。大正十一年の暮れに書かれた書簡（真野友二郎宛）では〈神経衰弱、胃痙攣《いけいれん》、腸カタル、ピリン疹《しん》、心悸昂進《しんきこうしん》〉という病名を自嘲《じちょう》まじりに列挙している。不眠に悩み、強度の神経衰弱も悪化するばかりで、ついには幻視、幻聴にも苦しめられるようになった。

大正十四年に入るころから創作活動はようやく低調となり、作風もしだいに陰鬱な心情の世界に傾斜していった。龍之介が自殺の決意を友人にはじめて打ち明けたのは、大正十五年の四月だったという（小穴隆一）。昭和二年一月、義兄の西川豊が放火の嫌疑を受けて自殺したスキャンダルも、事後の処理に奔走する龍之介の消耗をよりふかめる事件だった。そうした悪条件のなかで「玄鶴山房《げんかくさんぼう》」（一、二月）が書かれ、「蜃気楼《しんきろう》」（三月）が書かれている。いずれも〈唯《ただ》薄暗い中にその日暮しの生活をしてゐた〉（「或阿呆の一生」）作者の異常にとぎすまされた神経と、暗澹《あんたん》たる想念を伝える作品であった。架空の小動物に托して、人間社会の痛烈な戯画を描いた「河童《かっぱ》」（三月）も、所詮《しょせん》は河童が河童であること、つまり人間が人間であることへのあらわな嫌悪と絶望を語っている。狂気の遺伝に脅える心情も痛切である。

おなじく昭和二年、生涯の最後の年に、龍之介は小説のプロットをめぐる応酬を、谷崎潤一郎とかわしている（「『話』のない小説」論争）。この論争で、龍之介は物語性に富む虚構の小説を退け、志賀直哉の心境小説を、もっとも純粋な文学として高く評価した。心境の奏でる澄明な詩＝東洋的詩的精神への憧憬《どうけい》を隠さなかったのである。このとき、龍之介は知性と抒情、西洋と日本のふかい亀裂を主体の矛盾としてかかえこんでいた。

＊

昭和二年七月二十四日未明、芥川龍之介は〈唯ぼんやりした不安〉（「或旧友へ送る手記」）という一語を残して、田端の自宅でヴェロナールおよびジャールの致死量をあおいで自殺した。遺稿として「歯車」「或阿呆の一生」「続西方《さいほう》の人」などが残されていた。「歯車」はみずから死をえらぶ人間の心象を伝える稀有《けう》の作で、龍之介が死を賭《と》して成功した狂気と幻想の描写は他のどういう小説でも不可能な、ぶきみな戦慄《せんりつ》にみちている。「或阿呆の一生」は終焉《しゅうえん》の地点から逆照射された半生の起伏を、敗北と自嘲の思いをにじませながら短章を連鎖して綴ってゆく。「西方の人」は正続五十九章から成るイエス伝であり、同時に、イエスを比喩《ひゆ》として描かれた悲劇の自画像である。「歯車」を評して、広津和郎の〈一糸乱れず、冷静に〉という評語があるように、これらの遺稿は絶望的な破局の淵《ふち》で書かれながら、冴《さ》えた意識による統御を失なっていない。芥川龍之介が最後まで、固有の方法を捨てなかった小説家であることを告げている。

芥川龍之介は「白樺《しらかば》」の諸作家とともに、大正期の市民文学の実質を担当した作家であり、その生涯は死をふくめて、市民文学理念の成熟と動揺と崩壊とを象徴した。龍之介の自殺が当代の知識階級にひとごとでない衝撃を与え、時代の危機と不安を告げる指標と目されたゆえんである。

（昭和五十九年九月、東京大学教授）

『蜘蛛《くも》の糸・杜《と》子春《ししゅん》』について

吉田精一

ここには、芥川龍之介の作品の中で、童話というより、年少文学と今日いわれているものを主にしてえらんでいる。ほかに『三つの宝』を入れれば、ほぼ芥川の少年物はつくしているのである。

さてここにおさめた作品の発表年時とその発表機関をあげると次のようである。

蜘蛛の糸	大正七年七月	『赤い鳥』
犬と笛	〃 八年一、二月	〃
蜜柑《みかん》	〃 〃 五月	『新潮』
魔術	〃 九年一月	『赤い鳥』
杜子春	〃 〃 七月	〃
アグニの神	〃 十年一、二月	〃
トロッコ	〃 十一年三月	『大観』
仙人	〃 〃 四月	『サンデー毎日』

猿《さる》蟹《かに》合《かっ》戦《せん》　〃　十二年三月　『婦人公論』
白　〃　〃　八月　『女性改造』

『蜘蛛の糸』は芥川の最初に書いた年少者のための作品である。大正七年七月に創刊された『赤い鳥』のために筆をとったもので、この雑誌の主宰者鈴木三重吉は芥川と同じ漱石門の先輩であり、彼の文壇的処女作というべき『芋粥《いもがゆ》』は、三重吉の推挽《すいばん》によって『新小説』にかかげられた関係であった。そして『赤い鳥』での三重吉の編集助手小島政二郎は、芥川の門下生的な存在であった。そんな関係から少年ものは、はじめての経験であり、冒険ではあったが、書かざるを得ない意味合いがあったのであろう。この種のものの処女作にもかかわらず、『蜘蛛の糸』は非常に三重吉をよろこばせたみごとな出来栄《ば》えを示し、芥川の数ある年少文学中でも第一等のものと、いうことができるのである。

この作品の材源については最近山口静一氏によるあたらしい発見がなされ、在来の説を訂正することになった。その材源というのは、ポール＝ケーラス Paul Carus (1852―1919)著の『カルマ』KARMA の中におさめた“The Spider Web”(蜘蛛の糸)である。

この作品の筋は、全く芥川のそれと同じである。山口氏の考証によると、『カルマ』ははじめ、一八八七年シカゴで創刊された雑誌『オープン・コート』Open court に、一八九四年にのった。そしてこれがロシアの文豪トルストイの目にとまって、同年ただちにロシアの雑誌に翻訳された。しかし芥川のよったのはそれではない。『オープン・コート』所収の『カルマ』に手を加えたものが、日本ではじめて単行本として一八九五年（明治二十八年）刊行され、その翌年には再版が出るほどの売れ行きを示した。そして一九〇三年（明治三十六年）に更に二度めの改訂を経て出版された。芥川の手にしたのは日本版『カルマ』か、またどの版かも明らかでないが、どちらかであることはたしかである。

ところで主人公のカンダタという名前は仏教の典籍に出て来るが、この話そのものは今日日本に伝わる仏典に見あたらない。したがって原話が印度《インド》の説話であるか、ケーラスの創作であるかは今のところ不明である。その上にロシアの民話にはこれとそっくりの話が見出《みいだ》される。即《すなわ》ちドストエフスキーの『カラマーゾフの兄弟』（一八八一年）第七編の第三に出てくる「一本の葱《ねぎ》」という話だが、それを紹介すると次のようである。（米川正夫訳による）

昔々あるところに意地の悪いお婆《ばあ》さんがいたんですとさ。それが死んだとき、あとに何一ついい行いが残らなかったので、サタンはお婆さんを捕《つか》まえて火の湖《うみ》へ投げ込んじゃったの。ところが、お婆さんの守護の天使は、何か神様に申し上げるようないい行いがあのお婆さんにないかしらんと、じっと立って考えているうちに、やっとあることを思い出したので、神様に向って、あのお婆さんは畑から葱を抜いて来て、乞食《こじき》女にやったことがありますと云ったのよ。すると神様は、ではお前一つその葱をとって来て、湖の中にいるお婆さんの方へさしのばして、それにつかまらしてたぐるがよい。もし首尾よく湖の外へ引き出せたら、お婆さんを天国へやってもよい。またもし葱がちぎれたら、お婆さんは今の場所へそのまま置かれるのだぞ、とこういう御返事なんですとさ。天使はお婆さんのところへ走って行って、葱をさしのべながら、そら、お婆さん、これにつかまっておたぐりと云って、そうっと気をつけてひき始めたのよ。そうして、もう大方ひき上げようとしたところへ、湖の中にいるほかの餓鬼《がき》どもが、お婆さんが引上げられているのを見て、自分らも一緒に出してもらおうというので、みんなでその葱につかまり出したの。するとそのお婆さんは意地の悪い女だから、みんなを足でけちらかしながら、ひいてもらってるのは私だよ、お前さん達じゃありゃしない、とそういうが早いか、葱はぶつりと切れちゃったのよ。そしてお婆さんはまた湖へ落ちて、今までずっと燃え通しているんだって。天使は泣く泣く帰ってしまいましたとさ。

この民話は、どんな罪人にも慈悲の心があること、それによって人間が神仏に救われ得《う》ること。しかしまた自分ひとりだけよい目にあおうとするエゴイズムが、結局は他の人々を救われないものにするとともに自分をも破滅させる、そういうテーマを『カルマ』とともに共有している。そして芥川の見たに相違ない『カルマ』には、カンダタが再び地獄におちこんだことを叙したあとに、次のような教訓がついている。

カンダタの心には個我のイリュージョンがまだあった。彼は向上し正義の尊い道に入ろうとするまじめな願いの奇蹟《きせき》的な力を知らなかった。それは蜘蛛の糸のように細いけれども、数百万の人々をはこぶことができる。そしてその糸をよじのぼる人々が多ければ多いほど、その人々の努力は楽になる。しかしいったん人間の心に「これは私のものだ。正しさの幸福をひとりじめにして、誰にだってわけてやるまい」という考えがおこるや否や、糸は切れて、人はもとの個々別々の状態におちてしまう。利己主義 selfhood は呪《のろ》い damnation であり、真理 truth は祝福である。地獄とは何だろう。それは利己心《エゴチズム》に外ならず、涅槃《ニルバーナ》は公正な生活 a life of righteousness のことなのだ。

この教訓を芥川がはぶいてしまって、ただ「お釈迦《しゃか》様《さま》」に「悲しそうなお顔」をさせたのみにとどめたことは本文にあるとおりである。なおトルストイは『カルマ』の翻訳にあたって、その意義として、

悪をさけて福を得る事はただ自己の努力に依《よ》る外ないということ、自己の個人としての努力をよそにして自己乃至《ないし》一般の福を得るような方法はない、またあるはずがないという例の真理の説明であります。そしてこの説明の特にすぐれているのは、そこに、個人の福祉はただそれが一般の福祉である場合にのみ真の幸福であるという事の示されている点であります。地獄からはい出して来た泥坊が、自己一身の幸福を願い始めるや否や、忽《たちま》ち彼の幸福は幸福である事を止《や》めて、彼は破滅してしまった。この物語はあたかも、キリスト教に依って啓示された二つの根本的真理――生命は個人の否定の中にのみある、即ち生命を捨てるものが生命を得るのであるという事と、人々の幸福はただ彼等の神との結合にあ

り、神を通して相互の結合（略）という事についての真理を、新しい側面から照らし出しているように思われるのです。

と書いている。芥川の『蜘蛛の糸』を読むにあたっては、以上の事実を参考にすべきである。

『蜜柑』は年少者のためではなく、大人のために書かれた、短いが本格的な作品で、作者はこの通りの体験をもった。そのおりの感動の強さが、この作品の美しさの中心である。粗野な小娘に対する軽蔑《けいべつ》と嫌悪《けんお》とが、やがて野性的な純情や、人間性の暖かさに対するよろこびといれかわる経路は、短いながら、的確にとらえられている。

『杜子春』は、中国の伝記『杜子春伝』を踏まえて、童話化したものである。杜子春が仙道を志して、仙室内に試験をうけ、喜、怒、哀、懼《く》、悪、欲の六情には負けなかったが、最後に「愛」の試験に落第するというところまでは、原文と違わない。それは七情のうち、「愛」の執着がもっとも強いことを語るのでもあるが、師たる仙人はそのために仙薬を作り得ず、杜子春もまた仙人になりそこなって共に失意歎息《たんそく》するというのが、原典の主旨である。これに対して芥川は、仙人になりたいために、父母の苦しみをだまって見ているような人間ならば、即座に「命を絶ってしまおう」と思ったと、仙人に云わせている。仙人となって愛苦を超越するより、平凡な人間として愛情の世界に生き、のどかな生活をする方が、はるかに幸福だと、杜子春とともに作者も考えたのである。平凡な人情、通俗的な道徳を肯定しているようだが、そこに原作にない、この作品の倫理的な美しさがある。芥川の年少文学中、『蜘蛛の糸』に次ぐ名作である。

『犬と笛』『白』『魔術』『アグニの神』『仙人』は何《いず》れも少年向きの文学として書かれたもので、前の二つは童話らしい骨法をそなえた作品であり、『魔術』以下の三作は、『杜子春』と同様、魔法や仙術に関する、ひいては神秘的なものに対する作者の好みをしめしたものである。どれも明るく、健康で、人情ぶかく、道徳的な意図を作中に寓《ぐう》していることが注意される。そこに将来のある少年たちの読みものとしての、作者の配慮がききとれるであろう。『猿蟹合戦』は古来から伝わる伝説的童話のパロディーであり、気の利《き》いた社会の諷刺《ふうし》になっているが、しょせんは気軽な戯作《げさく》である。

これに反して『トロッコ』は、子供の時代こそあつかっているが、彼の佳作の一に属する。材料は湯河原出身の雑誌記者の原稿をもとにしたもので『一塊の土』も同じ人から材料を仰いだ。だから『トロッコ』の最後の数行はフィクションや「落ち」ではなく、この作のテーマになっているのである。すなわち心細さに泣きたい気もちを我慢しながら、暮れかかる線路みちを、無我夢中で走りつづけた幼時の記憶が、雑誌の校正などという、およそはえない、末の見こみさえ心細い仕事に妻子をやしなっている校正係の中によみがえる、というのである。

幼時の記憶は、よその国からの便りのように、何か童話めいた色彩を帯びている。喜びも悲しみも、ぶどうの房の上にうっすらとふいた白い粉のようなものでおおわれて、現実ばなれのした一つの世界の中でゆれ動いている。しかしかすかに、現実の世界とよびかわす何ものかがある。日々たそがれのようなうす暗い生活を送っている校正係に、ふとよみがえった記憶もこのようなものであろう。

たれにも思いあたる子供のころの乗物へのあこがれ、それは汽車さえ通っていない片田舎《かたいなか》の少年にして見れば、いっそう強いに違いない。そういうあこがれが、思いがけなく身近なものになったトロッコに集中される。主人公の少年が土工になりたい、という望みは滑稽《こっけい》だが、都会の子供なら、さしずめ運転手になりたいと思うところで、土工の方にそれよりつきつめたものが感じられる。

文章は簡潔で、要領を得ているが、とくにみごとなのは、思いがけず望みを達してのちの、良平の心理の変転の捕捉《ほそく》であろう。良平は工夫たちを「優しい人たちだ」とひとり合点し、ひそかに満足を味わっている。日が暮れかかり、遠く来すぎたことが気がかりになっても、最後の宣告をきかされるまでは、心のどこかに気強いところがある。ところが工夫の無造作な一言による最後の宣告が、良平の気もちにどんでん返しを食わせる。ここに彼の感じた人生の象徴がある。「よもや」をたのみにして、次第々々に深みにはまって行く。気がついた時にはひきかえせないものになっている。そういう実人生の象徴が——。良平の帰途を急ぐ様子、ことに村に入ってからの描写はすぐれており、凡手のよくなし得ぬ名品となっている。

（昭和四十三年十月）

年譜

明治二十五年（一八九二年）　三月一日、東京市京橋区入船町（現在東京都中央区明石町《あかし》）に、父新原《にいはら》敏三、母フクの長男として生れた。父四十二歳、母三十三歳のいわゆる大厄の年の子であったため形式的に捨て児とされた。拾い親は父の旧友松村浅二郎。父敏三は山口県玖珂《くが》郡賀美《かみ》畑《はた》村出身の平民で、入船町で牛乳販売業を営み、入船町と新宿に牧場をもっていた。母フクは芥川家の出。長姉初子（七歳で夭折《ようせつ》）、次姉久子との三人兄弟。生後約八カ月目に母フクは突然発狂し、母の実家芥川家に子がなかったため、本所区小泉町の母の実兄にあたる芥川道章の家にあずけられた。以後、母の姉フキに育てられた。義父道章は当時東京府の土木課に勤めていた。三十年（五歳）本所元町の回向院《えこういん》の隣にあった江東小学校付属幼稚園に通う。

明治三十一年（一八九八年）　六歳　四月、江東小学校に入学。一家の一中節の師匠宇治紫山《しざん》の息子に英語と漢学と習字を習う。三十五年（十歳）四月頃より同級生と回覧雑誌『日の出界』を刊行、自ら編集装幀《そうてい》を受持った。十一月、実母フク死去。三十六年（十一歳）この頃、神田の古本屋、大橋図書館、帝国図書館などに通って、蘆花《ろか》、鏡花、紅葉等の作品、また馬琴、近松等の江戸文学を濫読《らんどく》した。三十七年（十二歳）八月、芥川家に正式に養子縁組した。

明治三十八年（一九〇五年）　十三歳　三月、江東小学校高等科三年を修了。四月、東京府立第三中学校に入学。二級上に久保田万太郎、河合栄治郎、三級上に後藤末雄がいた。この頃まで龍之助と書いた。紅葉、露伴、蘆花、鏡花、漱石、鷗外、独歩などの日本文学、またイプセン、フランス、メリメなどの外国文学に関心を持ち、濫読した。中学時代の成績は優秀で、歴史を好み、また漢文の力は抜群であった。三十九年（十四歳）四月頃より回覧雑誌『流星』（後に『曙光《しょこう》』と改題）を刊行。編集兼発行人となり、論文「廿年後之戦争」等を書いた。

明治四十三年（一九一〇年）　十八歳　二月、評論「義仲論」を『校友会雑誌』に発表。三月、東京府立第三中学校を卒業。九月、第一高等学校第一部乙（文科）に成績優秀のため無試験で入学。同級に久米正雄、菊池寛、松岡譲《ゆずる》、山本有三、土屋文明、成瀬正一、恒《つね》

藤恭《とうきょう》、独法科に倉田百三、藤森成吉、一級上の文科に豊島与志雄、山宮允《さんぐうまこと》、近衛文麿等がおり、恒藤とは最も親しく交わった。秋、一家は新宿二丁目に移転。

明治四十四年（一九一一年）十九歳　本郷の第一高等学校寮で一年間の寮生活を送る。ボードレール、ベルグソン等の作品を熟読。

明治四十五年・大正元年（一九一二年）二十歳　山宮允に伴われ、吉江《よしえ》孤雁《こがん》を中心とするアイルランド文学研究会に出席し、西条八十《やそ》、日夏耿之介《ひなつこうのすけ》等を知る。

大正二年（一九一三年）二十一歳、七月、第一高等学校を卒業。九月、東京帝国文科大学英文科に入学。

大正三年（一九一四年）二十二歳　二月、豊島与志雄、山宮允、久米正雄、菊池寛、松岡譲、成瀬正一、山本有三、土屋文明等と第三次『新思潮』を発刊。柳川隆之介の筆名で、創刊号にフランスの翻訳を発表。五月、処女小説「老年」を『新思潮』に発表。十月、第三次『新思潮』廃刊。一家は府下豊島郡滝野川町字田端に転居。

五月、「老年」（新思潮）九月、戯曲「青年と死」（新思潮）

大正四年（一九一五年）二十三歳　八月、島根県松江に旅行。紀行「松江印象記」を『松陽新報』に発表。初めて本名を用いた。十一月、「羅生門《らしょうもん》」を『帝国文学』に発表。十二月、級友林原耕三の紹介で、漱石山房の「木曜会」に出席し、江口渙《きよし》、内田百　閒《ひやくけん》等を知る。

八月、紀行「松江印象記」（松陽新報）十一月、「羅生門」（帝国文学）

大正五年（一九一六年）二十四歳　二月、久米、菊池、松岡、成瀬等と共に第四次『新思潮』を発刊。「鼻」をその創刊号に発表。漱石の激賞を受けた。七月、東京帝国文科大学英文科を卒業。卒業論文は「ウイリアム・モリス研究」。九月、「芋粥《いもがゆ》」を『新小説』に発表、文壇の注目を浴びた。十二月、一高教授畔柳都太郎《くろやなぎくにたろう》の紹介で横須賀の海軍機関学校の嘱託教官となり、鎌倉に下宿。夏目漱石死去。中学時代の親友山本喜誉司の姪《めい》塚本文と婚約が成立。

二月、「鼻」（新思潮）四月、「孤独地獄」（新思潮）五月、「父」（新思潮）八月、「野呂松人形」（人文）九月、「芋粥」（新小説）十月、「手巾《ハンケチ》」（中央公論）十一月、「煙草」（新思潮、後に「煙草と悪魔」と改題）

大正六年（一九一七年）二十五歳　三月、第四次『新思潮』が「漱石先生追慕号」をもって廃刊となった。

佐藤春夫が来訪し、交遊を始めた。五月、処女短編集『羅生門』を阿蘭陀《おらんだ》書房より著者自装で刊行。六月、日本橋のレストラン鴻《こう》の巣《す》で出版記念会「羅生門の会」が催され、谷崎潤一郎、有島武郎、小宮豊隆、和辻哲郎等も出席した。九月、横須賀市汐入《しおいり》に下宿先を移転。短編集『煙草と悪魔』を新進作家叢書《そうしょ》の一冊として新潮社より刊行。この頃より我鬼《がき》と号した。

一月、「MENSURA ZOILI」（新思潮）「運」（文章世界）三月、エッセイ「葬儀記」（新思潮）九月、「或日の大石内蔵助《くらのすけ》」（中央公論）十月、「片恋」（文章世界）「戯作三昧《げさくざんまい》」（大阪毎日新聞、十一月完結）

『羅生門』短編集（五月、阿蘭陀書房刊）

『煙草と悪魔』短編集（十一月、新潮社刊）

大正七年（一九一八年）二十六歳　二月、塚本文と結婚。三月、鎌倉町大町字辻に転居し、大阪毎日新聞社社友となる。条件は、小説の雑誌発表は自由だが、新聞は大毎（東日）に限る等であった。五月、「地獄変」を『大阪毎日新聞』に発表。この頃から高浜虚子に師事、以後、『ホトトギス』に、句をたびたび発表。

一月、「西郷隆盛」（新小説）四月、「世之助の話」（新小説）五月、「地獄変」（大阪毎日新聞）七月、「開化の殺人」（中央公論）「蜘蛛《くも》の糸」（赤い鳥）九月、「奉教人の死」（三田文学）十月、「枯野抄」（新小説）「邪宗門」（東京日日新聞、十二月完結）

大正八年（一九一九年）二十七歳　三月、創作に専念するため、海軍機関学校嘱託を辞し、大阪毎日新聞社社員となる。出勤の義務は負わず、年何回か小説を書く等が条件であった。「きりしとほろ上人伝」を『新小説』（五月完結）に発表。実父新原敏三死去。四月、田端の自宅に引上げ、養父母と生活を共にした。この後、書斎「我鬼窟《くつ》」での日曜日の面会日には、小島政二郎、佐佐木茂索、瀧井孝作等の後輩作家や洋画家で俳人の小穴隆一等が出入りした。

一月、「毛利先生」（新潮）「あの頃の自分の事」（中央公論）二月、「開化の良人」（中外）三月、「きりしとほろ上人伝」（新小説、五月完結）五月、「私の出遇《であ》った事」（新潮、後に「蜜柑《みかん》」「沼地」と改題）九月、「妖婆《ようば》」（中央公論、十月完結）

『傀儡師《かいらいし》』短編集（一月、新潮社刊）

大正九年（一九二〇年）二十八歳　三月、長男比呂志誕生。菊池寛が名付け親となった。この春、上野の清《せい》凌《りょう》亭《てい》に座敷女中をしていた佐多稲子を知る。十一月、久米、菊池、宇野等と京阪地方を講演旅行、木曾路を回って帰京。この年、泉鏡花を知る。

一月、「鼠小僧次郎吉」（中央公論）「舞踏会」（新潮）四月、「秋」（中央公論）七月、「南京《ナンキン》の基督《キリスト》」（中央公論）「杜子春《としゅん》」（赤い鳥）

『影燈籠《かげどうろう》』短編集（一月、春陽堂刊）

大正十年（一九二一年）二十九歳　三月、短編集『夜来の花』を小穴隆一の装幀で新潮社より刊行。以後の著作は概《おおむ》ね彼の装幀による。大阪毎日新聞社より海外視察員として中国に特派された。上海《シャンハイ》、杭州《こうしゅう》、西湖、蘇州《そしゅう》、揚州、南京、廬山《ろざん》、洞庭湖、北京《ペキン》、朝鮮を回って、七月、帰国。旅行以来、病気がちで、神経衰弱にもなった。八月、紀行「上海游記《ゆうき》」を『東京日日新聞』（九月完結）に連載。南部修太郎と神奈川県湯河原に静養。

一月、「秋山図」（改造）「山鴫《やましぎ》」（中央公論）八月、紀行「上海游記」（東京日日新聞、九月完結）九月、「母」（中央公論）十月、「好色」（改造）

『夜来の花』短編集（三月、新潮社刊）

『戯作三昧』短編集（九月、春陽堂刊）

大正十一年（一九二二年）三十歳　三月、「トロッコ」を『大観』に発表。この頃より書斎の額を「澄江《ちょうこう》堂《どう》」と改めた。四月末より五月にかけ長崎に遊び、書画骨董《こっとう》を漁《あさ》る。七月、小穴と共に我孫子《あびこ》の志賀直哉を訪問。十一月、次男多加志誕生。小穴隆一の隆をかなよみしたものである。この頃より健康が悪化した。

一月、「藪《やぶ》の中」（新潮）「将軍」（改造）「神神の微笑」（新小説）三月、「トロッコ」（大観）四月、「報恩記」（中央公論）五月、「お富の貞操」（改造、九月完結）七月、「庭」（中央公論）八月、「六の宮の姫君」（表現）九月、「おぎん」（中央公論）十月、「百合《ゆり》」（新潮）

『芋粥』短編集（一月、春陽堂刊）

『点心』エッセイ集（五月、金星堂刊）

『沙羅の花』短編集（八月、改造社刊）

『邪宗門』（十一月、春陽堂刊）

大正十二年（一九二三年）三十一歳　一月、アフォリズム「侏儒《しゅじゅ》の言葉」を『文藝春秋』創刊号（十四年九月完結）より連載。三月、「雛《ひな》」を『中央公論』に発表。翌月にかけて湯河原で湯治。八月、鎌倉に避暑に赴き、岡本一平、かの子夫妻を知る。九月、大地震にあったが、被害は受けなかった。十月、一高在学中の堀辰雄を知る。

三月、「雛」(中央公論)「猿蟹合戦《さるかにかっせん》」(婦人公論) 五月、「保吉《やすきち》の手帳から」(改造) 十月、「お時儀」(女性) 十一月、評論「芭蕉雑記」(新潮、十三年七月完結) 十二月、「あばばばば」(中央公論)

『春服』短編集 (五月、春陽堂刊)

大正十三年(一九二四年)三十二歳　七月下旬より約一カ月間軽井沢に滞在。堀、室生、山本等と交際。十月、叔父を失い、更に義弟塚本八州の喀血《かっけつ》にあい、心身の衰弱がひどくなった。十二月、庭に書斎を増築。斎藤茂吉と親しくなる。

一月、「一塊の土」(新潮)「不思議な島」(随筆)「糸女覚え書」(中央公論) 二月、「金将軍」(新小説) 四月、「第四の夫から」(サンデー毎日)「或恋愛小説」(婦人グラフ)「少年」(中央公論、五月完結)

『黄雀風《こうじゃくふう》』短編集 (七月、新潮社刊)

『百艸《ひゃくそう》』エッセイ集 (八月、新潮社刊)

大正十四年(一九二五年)三十三歳　二月、田端に移転してきた萩原朔太郎と交際を深めた。三月、谷崎、里見、水上、久保田、小山内《おさない》と共に『泉鏡花全集』の編集に従事。四月下旬より翌月にかけ湯治のため伊豆修善寺に滞在。七月、三男也寸志誕生。八月より翌月にかけ軽井沢に滞在。十月、興文社の依頼による『近代日本文芸読本』全五巻の編集を終えたが、徳田秋声の抗議、印税配分の問題などで精神的な打撃を受けた。十一月、この頃、俳句のほかに詩にも興味を寄せた。健康はますます悪化した。

一月、「大導寺信輔《しんすけ》の半生」(中央公論) 九月、「海のほとり」(中央公論)「死後」(改造)

『芥川龍之介集』現代小説全集 (四月、新潮社刊)

『支那游記』紀行集 (十一月、改造社刊)

大正十五年・昭和元年(一九二六年)三十四歳　一月、療養のため湯河原に滞在。四月以降、静養のため妻子と共に神奈川県鵠沼《くげぬま》に寓居《ぐうきょ》。

一月、「湖南の扇」(中央公論、二月完結)「年末の一日」(新潮) 十月、「点鬼簿」(改造) 十一月、「夢」(婦人公論)

『或日の大石内蔵助』短編集 (二月、文藝春秋社刊)

『地獄変』短編集 (二月、文藝春秋社刊)

『梅・馬・鶯《うぐいす》』エッセイ集 (十月、新潮社刊)

昭和二年（一九二七年）三十五歳　一月、田端の自宅に戻る。義兄西川豊宅の全焼と豊の鉄道自殺から、その後始末や整理に奔走した。三月、「河童《かっぱ》」を『改造』に発表。四月、評論「文芸的な、余りに文芸的な」を『改造』（八月完結）に発表し、谷崎潤一郎と小説の筋をめぐって論争した。五月、東北、北海道方面に講演旅行。発狂した宇野浩二を見舞った。六月、「或阿呆の一生」を脱稿。七月、田端の自宅において、ヴェロナール及びジャールの致死量を仰いで自殺。枕許《まくらもと》には聖書があった。遺書は妻文、小穴隆一、菊池寛、葛巻《くずまき》義敏、伯母フキあて等で、他に「或旧友へ送る手記」があった。谷中斎場にて葬儀が行われ、先輩総代泉鏡花、友人総代菊池寛、文芸家協会代表里見弴《とん》、後輩代表小島政二郎の弔詞があった。染井の法華宗慈眼寺に納骨。

一月、「玄鶴《げんかく》山房」（中央公論、二月完結）三月、「蜃気楼《しんきろう》」（婦人公論）「河童」（改造）四月、評論「文芸的な、余りに文芸的な」（改造、八月完結）七月、「冬と手紙と」（中央公論、後に「冬」「手紙」と改題）評論「続文芸的な、余りに文芸的な」（文藝春秋）八月、評論「西方《さいほう》の人」（改造）評論「続芭蕉雑記」（文藝春秋）九月、「闇中問答」（文藝春秋）評論「続西方の人」（改造）十月、「歯車」（文藝春秋）「或阿呆の一生」（改造）

『湖南の扇』短編集（六月、文藝春秋社刊）

『芥川龍之介全集』全八巻（十一月～四年二月、岩波書店刊）

『侏儒の言葉』評論・エッセイ集（十二月、文藝春秋社刊）

昭和三年（一九二八年）

『三つの宝』童話集（六月、改造社刊）

昭和四年（一九二九年）

『西方の人』短編集（十二月、岩波書店刊）

昭和五年（一九三〇年）

『大導寺信輔の半生』短編集（一月、岩波書店刊）

昭和六年（一九三一年）

『文芸的な、余りに文芸的な』評論・エッセイ集（七月、岩波書店刊）

昭和八年（一九三三年）

『澄江堂遺珠』詩集（三月、岩波書店刊）

（この年譜は、諸種の年譜を参考にし、編集部で作成した。）

文字づかいについて

新潮文庫の文字表記については、なるべく原文を尊重するという見地に立ち、次のように方針を定めた。

一、口語文の作品は、旧仮名づかいで書かれているものは現代仮名づかいに改める。
二、文語文の作品は旧仮名づかいのままとする。
三、一般には常用漢字表以外の漢字も音訓も使用する。
四、難読と思われる漢字には振仮名をつける。
五、送り仮名はなるべく原文を重んじて、みだりに送らない。
六、極端な宛て字と思われるもの及び代名詞、副詞、接続詞等のうち、仮名にしても原文を損うおそれが少ないと思われるものを仮名に改める。

本書で第六項に該当する語は次のようなものである。

浅間しい──→浅ましい　恰も──→あたかも　…居る──→…いる
且(つ)──→かつ　所が──→ところが　兎に角──→とにかく
果ない──→はかない　儘──→まま

芥川龍之介著

羅生門・鼻

王朝の説話物語にあらわれる人間の心理に、近代的解釈を試みることによって著者のもつテーマを生かそうとした〝王朝もの〟第一集。

芥川龍之介著

地獄変・偸《ちゅう》盗《とう》

地獄変の屛風を描くため一人娘を火にかけて芸術の犠牲にし、自らは縊死する異常な天才絵師の物語「地獄変」など〝王朝もの〟第二集。

芥川龍之介著

奉教人の死

殉教者の心情や、東西の異質な文化の接触と融和に関心を抱いた著者が、近代日本文学に新しい分野を開拓した〝切支丹物〟の作品集。

芥川龍之介著

戯作三昧・一塊《いっかい》の土

江戸末期に、市井にあって芸術至上主義を貫いた滝沢馬琴に、自己の思想や問題を託した「戯作三昧」、他に「枯野抄」等全13編を収録。

芥川龍之介著

河童・或阿《あるあ》呆《ほう》の一生

芸術的完成への欲求と、人を戦慄させる鬼気の漲る最晩年のこの作品集は、自らの死を予感しつつ描かれた病的な精神の風景画である。

芥川龍之介著

侏儒《しゅじゅ》の言葉《ことば》・西方《さいほう》の人

著者の厭世的な精神と懐疑の表情を鮮やかに伝える「侏儒の言葉」、芥川文学の生涯の総決算ともいえる「西方の人」「続西方の人」の3編。

志賀直哉著
和解
長年の父子の相剋のあとに、主人公順吉がようやく父と和解するまでの複雑な感情の動きをたどり、人間にとっての愛を探る傑作中編。

志賀直哉著
清兵衛と瓢箪・網走まで
瓢箪が好きでたまらない少年と、それを苦々しく思う父との対立を描いた「清兵衛と瓢箪」など、作家としての自我確立時の珠玉短編集。

志賀直哉著
小僧の神様・城の崎にて
著者の円熟期の作品から厳選された短編集。交通事故の予後療養に赴いた折の実際の出来事を清澄な目で凝視した「城の崎にて」等18編。

志賀直哉著
灰色の月・万暦赤絵
絶対的な自我肯定を根本に据えた独創的な文学世界を形成した著者の後期短編集。終戦直後の情景を鮮やかに捉えた「灰色の月」等23編。

志賀直哉著
暗夜行路
母の不義の子として生れ、今また妻の過ちにも苦しめられる時任謙作の苦悩を通して、運命を越えた意志で幸福を模索する姿を描く。

横光利一著
機械・春は馬車に乗って
ネームプレート工場の四人の男の心理が歯車のように絡み合いつつ、一つの詩的宇宙を形成する「機械」等、新感覚派の旗手の傑作集。

武者小路実篤著

友情

あつい友情で結ばれていた脚本家野島と新進作家大宮は、同時に一人の女を愛してしまった――青春期の友情と恋愛の相剋を描く名作。

武者小路実篤著

愛と死

小説家村岡が洋行を終えて無事に帰国の途についたとき、許嫁夏子の急死の報が届いた。至純で崇高な愛の感情を謳う不朽の恋愛小説。

武者小路実篤著

真理先生

社会では成功しそうにもないが人生を肯定して無心に生きる、真理先生、馬鹿一、白雲、泰山などの自由精神に貫かれた生き方を描く。

遠藤周作著

王の挽歌（上・下）

戦さと領国経営だけが人生なのか？　戦国の世に、もう一つの心の王国を求めた九州豊後の王・大友宗麟。切支丹大名を描く歴史長編。

遠藤周作著

イエスの生涯

国際ダグ・ハマーショルド賞受賞

青年大工イエスはなぜ十字架上で殺されなければならなかったのか――。あらゆる「イエス伝」をふまえて、その〈生〉の真実を刻む。

遠藤周作著

沈黙

谷崎潤一郎賞受賞

殉教を遂げるキリシタン信徒と棄教を迫られるポルトガル司祭。神の存在、背教の心理、東洋と西洋の思想的断絶等を追求した問題作。

新潮文庫最新刊

恩田陸著
小説以外
転校の多い学生時代、バブル期で超多忙だった会社勤めの頃、いつも傍らには本があった。本に愛され本を愛する作家のエッセイ集大成。

齋藤孝著
ドストエフスキーの人間力
こんなにも「過剰」に破天荒で魅力的なドストエフスキー世界の登場人物たち！　愛読、耽溺してきた著者による軽妙で深遠な人間論。

坪内祐三著
私の体を通り過ぎていった雑誌たち
60年代から80年代の雑誌には、時代の空気があった。夢中になった数多の雑誌たちの記憶を自らの青春と共に辿る、自伝的エッセイ。

日高敏隆著
ネコはどうしてわがままか
生き物たちの動きは、不思議に満ちています。さて、イヌは忠実なのにネコはわがままなのはなぜ？　ネコにはネコの事情があるのです。

中西進著
ひらがなでよめばわかる日本語
書くも掻くも〈かく〉、日も火も〈ひ〉。漢字を廃して考えるとことばの根っこが見えてくる。希代の万葉学者が語る日本人の原点。

入江敦彦著
秘密の京都
桜吹雪の社、老舗の井戸、路地の奥、古寺で占う恋……京都人のように散歩しよう。ガイドブックが載せない素顔の魅力がみっちり！

蜘《く》蛛《も》の糸《いと》・杜《と》子《し》春《しゅん》

新潮文庫　あ-1-3

昭和四十三年十一月十五日 発行
昭和五十九年十二月二十五日 三十八刷改版
平成二十年六月五日 八十刷

著者 芥《あくた》川《がわ》龍《りゅう》之《の》介《すけ》

発行者 佐藤隆信

発行所 株式会社 新潮社

郵便番号 一六二―八七一一
東京都新宿区矢来町七一
電話 編集部(〇三)三二六六―五四四〇
読者係(〇三)三二六六―五一一一
http://www.shinchosha.co.jp

価格はカバーに表示してあります。

乱丁・落丁本は、ご面倒ですが小社読者係宛ご送付ください。送料小社負担にてお取替えいたします。

印刷・二光印刷株式会社　製本・憲専堂製本株式会社
Printed in Japan

ISBN978-4-10-102503-2 C0193